Hans Werner Geerdts
VIRGINIA
Reise nach Beirut

AF235368

HANS WERNER GEERDTS

VIRGINIA

Reise nach Beirut

Roman aus dem Nachlass

herausgegeben und kommentiert von
Mario Fuhse

Bibliografisch Informationen der Deutschen Bibliothek die deutsche Bibliothek verzeichnet die Publikation in der Deutschen Nationalbibliografie; detaillierte bibliografischen Daten sind im Internet über http://dnb.ddb.de abrufbar.

2. Auflage, Hamburg 2021

Herstellung und Verlag: BoD – Books on Demand, Norderstedt
Umschlaggestaltung und Satz: Mario Fuhse unter der Verwendung einer Ansichtskarte: Beyrouth, Rue George Picot, ca. 1920.

ISBN: 9783754329818

Hans Werner Geerdts (1925-2013)
hier: 1960

I

Die Passagiere der *Lydia* waren an Deck gekommen. Früher als an Tagen auf offener See, um sich das Schauspiel eines Sonnenaufgangs an einer malerischen Küste nicht entgehen zu lassen. *Malerisch*, weil das eintönige Blau des Himmels sie Tag für Tag empfing und der Blick über die Wasserfläche bis zum Horizont sie ermüdete. Das Schiff nähert sich der Reede Beiruts.

– Sieh, dort ist der Leuchtturm!

– Kannst du Menara erkennen? Die Promenade mit der englischen Botschaft.

– Das ist die amerikanische Universität!

– Dort die Taubengrotte!

Einheimische und Bekannte überschlugen sich, die Entdeckungen preiszugeben. Sie konnten ihrer Erregung über das Wiedererkennen kaum Herr werden. Die Ausrufe waren Zeichen der Begeisterung. Neuankömmlinge enthielten sich der Stimme und nahmen das Bild, dass ihnen die Küste mit den Ballungen von Häusern bot, schweigend zur Kenntnis. Was sollten die sagen, die Schiffseinfahrten in Venedig, Rio oder Sydney erlebt hatten, deren Landkulisse mehr bot, als einen weiß zusammengewürfelten Haufen von Häuserkuben, lediglich von einer Gebirgslinie im Hintergrund begleitet?

Pedro Juan Juan kannte Beirut von früheren Besuchen. Auf Geschäftsreisen hatte er die Levanteküste gestreift. Der Eindruck, den sie hinterließ, war nachhaltig: Er fühlte sich in dem Land, dem biblischen, in dem Milch und Honig flossen, wohl. Beirut war ihm eine Fundgrube, die seinen Wünschen entgegenkam. Er suchte römische Bronzen, auch phönizische und hethitische, ohne sich festzulegen auf zeitlich und räumlich starr umrissene Gebiete. Wenn er Stücke kaufte, hielten sie seinem unbestechlichen, unfehlbaren, durch Wissen vertieften Urteil stand. Sollte ein außergewöhnlich schönes Stück selbst von

7

zweifelhafter Herkunft durch seine Hände gehen, zögerte er nicht, es zu erwerben.

So viel war sicher: Er hatte die Drehscheibe von Ost und West, wie er Beirut nannte, immer zufrieden verlassen, was seine Geschäfte, als auch sein Privatleben betraf. Warum sollte ihm dieser Aufenthalt weniger Zufriedenheit bringen? Er war bereit, in die *offene Feldschlacht* einzutreten, wie er unter Freunden, den wenigen, gerne äußerte. Er meinte, dass er für alle Überraschungen, die ihn beträfen, aufgeschlossen sei, die er abwäge und sondiere.

Pedro Juan Juan, unter diesem Namen kannten ihn alle, mit denen er ein Wort wechselte, lief nur bei offiziellen Stellen, amtlichen Behörden, wie Botschaften oder Konsulaten, unter dem Namen, der im Pass eingetragen war: Hans Peter Hansen. Er war in der Erscheinung ein typischer Nordländer. Das machte die Namensnennung für viele unbegreiflich: Große Statur, blondes gescheiteltes Haar, leicht durchblutete Wangen unter klaren, blauen Augen, blassbraune Hautfarbe mit einem Hauch von Rot. Jeder, der ihn sah, vermutet einen Jens oder Niels in der Hülle aus Fleisch und Blut.

Der Widerspruch des Namens mit dem Bild seines Trägers gab zu unterschiedlichen Anteilnahmen Anlass: Die einen, die den Namen hörten, beteuerten ihre Überraschung freudig, andre, die seinen Namen auf der Visitenkarte lasen, die er gern nach japanischer Sitte verteilte, waren bemüht, ihre Bedenken ja, ihre Enttäuschung zu verbergen. Beiden war die Neugierde gemein, den Ursprung dieser Diskrepanz, der rätselhaften Namensgebung, zu ergründen. Darauf ließ sich Pedro Juan Juan nur in notwendigen Fällen ein. Was brachten die langen Erklärungen und ausgiebige Erläuterungen andres, als gegenseitiges Verstehen, einer Annäherung, auf die er in den meisten Fällen der Begegnung keinen Wert legte.

Bei längeren Bekanntschaften, wenn sie schon zustande kamen, zeigte sich auch, dass sein Aussehen nicht mit dem Alter übereinstimmte. Die Züge seines Gesichts und häufig auch die Bewegungen seiner Arme waren jungenhaft. Wenn er lachte, gab ihm jeder der Zuhörer nicht mehr als 30. Nach dem Erzählen,

8

gewürzt mit reicher Lebenserfahrung, musste man annehmen, dass er ein buntes Leben hinter sich hatte.

Laut Pass war er 35 Jahre alt. Verwirrendes Sein-als-ob-Spiel. Über Herkunft und Alter ließ er jeden im Zweifel, auch die Geschäftsleute, mit denen er verbindlichen Kontakt pflegte. Von den flüchtigen Bekanntschaften, die er suchte oder nicht suchte, ganz zu schweigen. Die kindliche, wenn nicht kindische Spielerei verleitete ihn dazu, eine Undurchsichtigkeit, etwas Schleierhaftes, dass so vielen Vermutungen Raum ließ, um sich zu dulden, wenn nicht sogar zu schaffen. Dennoch war er, ob er wollte oder nicht, eigenes Opfer seiner Neugierde, wenn es sein musste.

Ihm bereitete es sinnliches Vergnügen, unter dem spanischen Namen aufzutreten. Spanisch war der eingetragenen Name seiner Firma und diese Firma war er allein, keine Gesellschaft, schon gar nicht eine mit beschränkter Haftung. Er allein: Pedro Juan Juan war die Firma und die Firma war er. Der Name war legitim und es gehörte nur Unverfrorenheit und Kaltblütigkeit dazu, sich über alle Skrupel hinwegzusetzen, um Beanstandungen und gehässige Bemerkung, die seinen Namen betrafen, vom Tisch zu fegen. *Der Name bürgt für Qualität,* war die lässigste und freundlichste Formulierung, die er vorbrachte, wenn er in guter Laune war. Schneidende, bissige Kälte zeigt er denen, die ihm boshaft erschienen. Durch Pedro Juan Juan haben sich öffentliche Sammlungen in der Welt vergrößert, Museen Lücken aufgefüllt und Liebhaber von Altertümern ihre Säle, Räume mit außergewöhnlichen Schätzen geschmückt.

Jedes Staunen in den Gesichtern, dass auf die Namensnennung folgte, registriert er mit genüsslichem Lächeln, so dass dem Gesprächspartner Worte der Kontaktaufnahme fehlten. Die leichte Beklemmung war ihm, dem Feinschmecker, mehr wert, als das beste Hummuspüree, dass ihm wie Honig durch die Kehle rann. Dieses, wenn auch nicht offensichtliche Streben nach Bewunderung durch andre, war nichts als Eitelkeit, die ihn aufblähte, seinem Geltungsbedürfnis schmeichelte. Die Gelegenheit bot sich oft und die Leute, die ihm das erste Mal gegenüberstanden, urteilten unbewusst: Er sei ein Fatzke, ein einge-

9

bildeter, arroganter Philister. Ein Schlitzohr. Er würde sich nicht unterstehen, ohne Krawatte zum Dinner zu erscheinen. Oder einen Anzug anzuziehen, hell oder dunkel, wenn er nicht auf Millimeter seinen Arm- und Beinlängen, dem Brustumfang und der Schulterbreite angemessen wäre. In Badehose auf dem Sonnendeck zu liegen, setzte voraus, dass der schützende Bademantel rechts und links von ihm herabhing, das unverzichtbare Relikt musste seinen Körper, sobald er aufstand, bedecken. Er zeigte sich nicht halbnackt unter Menschen. Ein feiner Herr mit durchtrainierten Körper. Jetzt, angesichts der Stadt, wusste er nicht, ob er sich mehr über den Sonnenaufgang oder das Wiedersehen freuen sollte. Wiedersehen mit wem? Hatte er Geschäftsfreunde hier, Bekannte? Wo steckten Sie? Er ließ die Frage auf sich beruhen, was er immer tat, auch dann, wenn Antworten und Entschlüsse sofort zu äußern waren. Er hielt auch die Frage nach der Umgebung keiner Antwort für würdig, weil er sie für unbedeutend hielt. Obwohl nicht der geringste Anlass vorlag, über seine Tätigkeit Auskünfte zu verweigern, denn er war weder Spion oder Opiumhändler – auch wenn er manchmal heimlich wünschte, Rauschgift- oder Waffenhändler zu sein –, schnitt er das Thema: Beruf. Über dieses Eindringen in die Privatsphäre, als solche fasste er schon Andeutungen auf, die seinen Beruf betrafen, und glitt darüber hinweg:

– Ich habe viel zu tun in Beirut. Oder: An der Küste werde ich Ferien machen und, wenn der Zufall es will, einige Altertümer kaufen.

Natürlich ahnte er, dass Auskünfte über seine Tätigkeit, fremden Mäulern zum Fraß, Vermutungen über Einkünfte, Geschäftslagen und über Verbindungen zulassen. Offiziellen Stellen nannte er *Kaufmann* als Beruf, wenn die Angabe schon sein musste. Damit waren alle Fragen, die seinen persönlichen Bereich betrafen, erschöpfend beantwortet.

Er sprach Spanisch so gut wie Französisch, und Deutsch besser als Englisch. Wer ihn in einer Sprache hörte, glaubte die Muttersprache zu vernehmen. Während der Reise konnte er seine Sprachbegabung anbringen, denn internationales Publikum reiste mit der *Lydia* von den italienischen und griechischen

10

Häfen, auch alexandrinischen nach Beirut. Doch keine der flüchtigen Bekanntschaften, die er schloss, die zum Wortwechsel führten, werden die Ankunft des Schiffes in Beirut überdauern.

– Gute Zeit, schönen Aufenthalt, werden die letzten Worte sein, die er von der Gangway zurückrufen würde.

Dass Pedro Juan Juan auf Französisch um eine englische Zeitung bat oder auf Englisch um eine französische, obwohl unter den Snobs in Beirut gang und gäbe, wie ein Kenner zu berichten wusste, dazu verstieg er sich nicht.

– Lernen Sie Arabisch, riet der Ägypter, der ein alter Fuchs zu sein schien, nach allem, was er erzählte, dann werden Sie die Fähigkeiten der Libanesen schätzen und ihre Absichten leichter erkennen.

– Ich werde mein Bestes tun, bekannte Juan.

Nach tagelangem Seereisen mögen Sie noch beruhigend und mit unterhaltsamen Abwechslungen bereichert worden sein, an Land zu kommen, ist für jedermann, der mit beiden Beinen auf festem Boden zu stehen gewohnt ist, verheißungsvoll.

– Was hat die Stadt zu bieten? Was wird sie uns zeigen?

Das gilt für alle Häfen der Welt. Hafenstädte wirken auf Ankömmlinge wie eine Befreiung aus engen Grenzen, die ein Schiff nun einmal hat, mag es noch so groß sein. Mit Hafen verbunden sind Vorstellung von Ex- und Importgeschäften, Betriebsamkeit zwischen den Lagerschuppen, Schiffen, Schuten und Kränen, Banken … .

Hafen hatte den Geruch nach Zuhälterei, Mord, Verbrechen, Matrosen, schweren Jungen, die außerhalb des Spießbürgertums keine Gewissensbisse kennen.[1]

Ob in Beirut mehr als in Antwerpen, in Marseille oder in Genua, muss, wenn überhaupt, jeder selbst entscheiden. Wer ständig rechtens lebt, die Welt des Unrechts nur vom Hörensagen kennt, keinen Sinn für Unregelmäßigkeiten hat, verschließt sich oder gibt sich, kompensierend und in Bezug auf Beirut, in Gedanken den Gefälligkeiten des Strandlebens hin, das an der Sonnenküste wohl verbreitet ist. Pedro Juan Juan dachte nicht an das Strandleben, das er müßig genießen konnte und war weit entfernt, den Schmutz, wie er die Rechtlosigkeit bezeichnete, auch nur in Gedanken aufzunehmen.

Er sah, nüchtern, die Masse der Häuser auf der Landzunge liegen, die auf der Nordseite schnurgerade im rechten Winkel zum Nord-Süd-Verlauf der Küste ins Meer ragt. An der westlichen Spitze liegt der Leuchtturm Menara. Dahinter beginnt im Bogen nach Osten die Sandküste, die dann nach Süden schwingt und im Dunst verschwindet.

Vom Hafen zur Steilküste und vom Strand zum Platz im Herzen der Stadt liegen die großen, belebten Straßen, die Arterien der Stadt. Sie führen aus dem Häusergewirr der Altstadt in die verschiedenen Viertel, die von Banken oder Hotels oder Wohnblocks unverkennbar geprägt sind. Die weißen, hohen Häuserkuben rufen den von See Ankommenden ein *Herzlich willkommen!* zu, und von den höchsten Fensterreihen der Hotels, die turmhaft die geraden Dachlinien der Wohnhäuser überragen, verkünden Sterne und Namen in leuchtenden Lettern strahlend die Klasse und den Luxus, den sie zu bieten haben. Juan wird das reservierte Hotelzimmer beziehen, sich aber sobald Gelegenheit dazu ist, nach einer komfortablen Wohnung umschauen.

– Ich möchte den Bediensteten weder ausgeliefert noch von Ihnen umsorgt sein.

Soll er dem Zufall oder, wovon er überzeugt ist, seinem Glück überlassen, wo diese Unterkunft zu finden ist?

– Wir werden sehen, antwortete er sich selbst.

– Wie aus grundlosen Tiefen steigt die Erinnerung an den *Platz der Freiheit, Place des Canons …*, er bricht den Gedanken scharf ab. Denn er will nicht in den Dunstkreis von Laster, sondern in die klare Aussicht auf Entdeckungen, was die Altertümer betrifft, eintreten. In allen Ecken um den Platz der Kanonen lauerten zweifelhafte Versprechungen. Juan wird allen Versuchung standhaft widerstehen.

– Place des Canons …? Als Herz der Stadt, wo Alt- und Neustadt zusammentreffen, verdient der Platz eine Übersetzung, dachte Juan, um sich abzulenken.

Die Einwohner sprachen vom *Platz der Freiheit* oder *Platz der Märtyrer*. Des canons, Plural, Kanonen! Feuerwaffen, Geschütze? Kanon: Regel, Maßstab, Richtschnur, … Sammlung der als inspiriert und maßgeblich geltenden biblischen Bücher, unveränderlicher Teil der Messe, Verzeichnis der Heiligen der katholischen Kirche, … kirchlicher Rechtssatz, … fugenartig komponiertes Lied für mehrere Stimmen, … ideales Maßverhältnis der Teile zueinander und zum Ganzen, … . Kanonen: Geräte zum Abschießen schwerer Geschosse, Lauf der Dinge, Lauf der Gewehre. Röhren, Feldgeschütze, Schnellfeuerkanonen … . Nichts wollte übereinstimmen. Juan kapitulierte.

Er warf den Blick auf die massive Bergkette, die als erhabene Kulisse hinter dem weißen Kubenhaufen der Häuser aufragte. Der Anblick stimmte ihn gelassen, mit der Vorstellung von blühenden Hainen und Gärten, spielender, grasender Lämmer auf saftigen Wiesen verbunden, sogar heiter. Ein Passagier sagte, dass er die Stadt liebe, wie man einen lebendigen Körper liebt, dass er sie hasse mit aller Leidenschaft.

Die Sonne war mittlerweile gestiegen, keiner konnte mit bloßem Auge in die Lichtquelle schauen. Pedro Juan Juan pflegte Naturerscheinung als das Selbstverständlichste der Welt anzusehen. Keine Frage des Wunders oder Rätsels verdiente der Vorgang der Erdrotation. Wunder und Rätsel waren Gegebenheiten, die er hinnahm, wie sein morgendliches Frühstück, das zu seinem Tagesablauf gehörte, wie Kiemen zum Fisch. Ist das Berühren der Erde durch die Strahlen eine Macht, eine unmittelbare, erkennbare Macht – sonst sprach er von Sonne –, was bei den Zuschauern an der Reling so viel Bewunderung hervorrief? Strahlen berühren die Erde, sie streicheln sie, die Oberfläche, die Haut.

– Bleiben wir nüchtern, redete Pedro Juan Juan sich ein, das Abtasten der Strahlen ist nichts als eine mit der Erdumdrehung erklärbarer Vorgang. Die Grenzen zwischen Hell und Dunkel, dem Licht und Schatten, verschieben sich auf der Kugel. Das ist alles. Durchaus erklärbar. Soll ich da an Wunder glauben?

– Wunderbar dieser Anblick!

– Herrlich!

– Ist die Lage der Stadt nicht reizvoll?

– Ach, ich bin begeistert!

13

Schwärmer und Rechner steigerten ihr Entzücken. Und wer da sagte:

– Stören Sie in den Gassen die schlafenden Schatten nicht, wurde als Dichter erkannt.

Juan ließ die Ausrufe an seinem Ohr abgleiten, ohne Regung zu zeigen.

– Ob die Sonne besonders zartes Licht an Beiruts Küste ausstrahlte, fragt er sich und fühlte sich einem Kollektivdenken erlegen.

Da musste er hören, dass die Sonne überall mit gleicher Kraft Sonne ist, dass aber die Luftdichte, die zu dieser Stunde und an diesem Ort herrschte, das Licht zu dem machte, was es war. Juan maß der Naturerscheinung keine Beachtung mehr zu, wie sicherlich auch die Einwohner der Stadt dem gewöhnlichen Ablauf von Tag und Nacht keinerlei Beachtung mehr schenken. Warum auch? Ihnen ist der Ruf ihrer Stadt gleichgültig. Es sei denn, er wird im Zusammenhang mit Geld genannt. Für sie zählt das phönizische Erbe, das von den Bestrebungen nach Gewinn, Verdienst, Aufstieg geprägt ist. Wenn der Erfolg eintritt, alle Mittel sind heilig, lassen sie sich in Lobsprüchen aus, sonst schweigen sie. Die Stadt ist über alle Maßen anspruchsvoll, was Schönheit, Müßiggang und Laster betrifft. Sie ist wie eine Qualle, die im Wellenreigen schwingt, anmutig und verführerisch, deren glasglitschige Masse, wenn man sie berührt, ekelhaft wirkt und die gefährlich – wenn nicht tödlich – für jene ist, die die Feuerfänge berühren oder sich gar darin verstricken.

II

Der Fahrer eines Chevrolets hupte, als Virginia von Bernburg die Rue George Picot überqueren wollte. Ihm kam es darauf an, die Aufmerksamkeit der jungen Dame auf sich zu lenken, denn er erkannte mit dem Blick eines Kenners, die Ausländerin: Blondes, natürliches Haar, das ein frisches Gesicht, leicht rosa angehaucht, umrahmt. Er schrie aus dem Taxi:

– Menara! Menara! und täuschte den Versuch vor, von innen die Wagentür zu öffnen, als er vor ihr hielt.

Jeder Fremde, durch den plötzlichen Anruf erschrocken, weiß im Augenblick nicht, zumal er mit den Gepflogenheiten des Landes, die ihm chaotisch vorkommen, nicht vertraut ist, ob *Menara* ein Achtungsruf, die Aufforderung zum Einsteigen oder die Anrufung einer Heiligen ist. Mit Vergnügen bedienen sich die Chauffeure dieser Gebärde, die anfangs mancher als Höflichkeit deutet, später jedoch, wenn man begriffen hat, dass die Sammeltaxen in den ausgerufenen Stadtteil fahren, als lästige Aufdringlichkeit empfindet.

Virginia brauchte sich nicht betroffen zu fühlen, sie kam aus Menara, dort wohnte sie. Daher schenkte sie den Zurufen keine Beachtung. Wer sie beobachtete, musste erkennen, dass sie sich durch ihr Verhalten als eine Alteingesessene auswies, die über solche Tricks erhaben war, auf die nur Neulinge und Neuankömmlinge in der Stadt hereinfallen. Sie dachte:

– Warum haben wir in unseren Städten keine ähnlichen Autodienst? Die Straßen, wie überall in den großen Städten der Welt, sind hoffnungslos verstopft, weil in mehreren Kubikmetern fahrbaren Raumes eine Person sich selbst befördert, so also im Vergleich zu den Fußgängern bis zu zehnmal mehr Raum auf der Straße für sich beansprucht und dazu noch die Luft verschmutzt.

Virginia wartete. Ein Gedanke ordnete sich zur Frage:

– Wie lange wird mir der Übergang noch versperrt?

Als sie die geduldigen Frauen und Männer um sich herum sah, war auch sie bereit, sich der verlorenen Zeit hinzugeben, *verloren* im Hinblick auf ein Ziel. Die Personenwagen, meist amerikanischer Bauart, Rückstände von einst gelandeten USA-Soldaten, die dann als Zivilisten auftraten und entsprechende Karossen fuhren, schoben sich doppelreihig und dicht gedrängt durch die Rue George Picot: eine undurchdringliche Wagenschlange. Wer von den Chauffeuren sein Auto dicht am Gehsteig entlang führte, hatte zumindest die Chance, einen oder zwei Passagiere auf seinen freien Sitz zu locken.

– Menara! Menara!

Virginia war mit ihren Gedanken in Städten, die den Straßenverkehr mit Ampellicht regeln. Sie dachte:

– Sind Menschen durch anonyme Blinkzeichen leichter zur Ordnung zu bringen, als durch Weisung eines Menschen in Uniform?

Der Polizist an der Straßenecke hob den Arm mit dem weißen Knüppel. Die Autoschlange der einen Richtung, durch den kleinen Hinweis unterbrochen, stoppte, um der andren in gekreuzter Richtung freien Lauf zu lassen. Die Fußgänger konnten ungeschoren die Straße überqueren. Virginia, auf der andren Straßenseite, verzögerte ihren Schritt für Bruchteile von Sekunden, als sie einen Schaukasten mit Parfum sah.

– Ich bin auf der Suche nach Antiquitäten, nicht nach Parfum, sagte sie sich streng, um keiner Verführung zu erliegen. Ihren Entschluss, einmal gefasst, änderte sie nicht und bog in die enge Gasse ein, die in das Gewimmel von Menschen und Sachen, die keiner übersehen konnte, führte.

Hauptzeit! Rush hour! Kurz vor Mittag.

Diesem Viertel, dem Basar, der nur aus Angebot und Nachfrage von Waren aller Art bestand, wobei das Angebot die Nachfrage um ein Vielfaches überstieg, setzte sie sich aus. Sie wollte dem pulsierenden Leben dieser Stadt nahe sein, hütete sich aber zu glauben – sie war viel zu klug, um sich Trugschlüssen hinzugeben –, dass sie tiefer als nur in die Oberfläche des Handelns und Treibens eindrang. Sie sprach nie aus, dass sie sich ins Getümmel warf, um innere Spannung abzuschütteln. Spannungen durch äußere Reize lösen, von denen es in diesem Viertel reichlich gab. Sie glaubte, dass Spannungen durch Spannungen zu ersetzen sind oder wenigstens innere Spannung durch äußere verdrängt werden. Jedenfalls war sie sicher, dass sie nach solchen Streifzügen in die Welt der Händler – sie nannte es nicht *Unterwelt* – gelöst, entspannt, oft erheitert nach Hause kam.

Dass Elmar, der Malerfreund, sie verlassen hatte, von heute auf morgen, wird sie ihm nie verzeihen. Oder sollte sie Verständnis zeigen für seine Lage, die er nicht selbst verschuldet hatte?

– Mörderin! Mörderin, hatte er gesagt.

Wie heiter traf es sie, wenn er mit immer den selben Worten in die Wohnung trat:

– Lass dich nicht stören, ich bin's!

Wie hilfreich war er durch sein Urteil.

– Er schätzte die gefundenen Objekte, ob römisch oder hethitisch, mit einer Sicherheit ein, als hätte er Kulturgeschichte oder Archäologie studiert, … was in seinen Bildern durchschlug, setzte sie den Gedanken sachlich fort, jetzt muss ich mich damit abfinden, allein hier herumzutrollen. Ich will's! Ich will mich behaupten, gab sie sich den Ruck, der noch fehlte, ihrem Erscheinen hier, einen Sinn zu geben.

Die Suche nach Antiquitäten, eine Liebhaberei, die sich nur auf Stücke bezog, die schön, aber nicht unbedingt echt sein mussten, diente oft als Vorwand, ihr Eindringen in dieses Viertel zu rechtfertigen. Aber musste sie sich rechtfertigen?

– Wem gegenüber?

Ihre Arbeit, Unterrichten in einer Privatschule, gab keinerlei Anlass zu Unzufriedenheit. Folglich auch nicht zu Rechtfertigungen. Die Kinder hingen an ihr, weil sie nicht nur gerecht, sondern auch in mütterliche Zuneigung mit ihnen umging. Gewiss war auch Neugierde im Spiel, wenn sie sich auf den Basar begab und eine Portion Wissensdurst.

– Was werde ich entdecken? Was wird mir zustoßen?

Dies Wagnis, ins Unbekannte zu tappen, das Ungewisse herauszulocken, kribbelt im Tiefsten ihrer Seele. Sie suchte das

17

Abenteuer. Sie nahm an, dass in der Altstadt in irgendeinem Gerümpelladen, der nicht als Exportgeschäft mit Lieferungen in alle Länder firmiert, mehr zu finden wäre, als im Museum der Stadt. In dieser Annahme fühlte sie sich bestätigt, wenn sie eine Trophäe mit nach Hause nahm. Und sie bildet sich ein, dass sie sich auf ihren sicheren Instinkt verlassen könne. So nimmt es nicht Wunder, dass sie einem Blinden in der Menge, die ihn unbeachtet ließ, eine Münze in die Hand drückte, was kein Passant tat.

– Einem Blinden eine Münze geben, bringt Glück, sagte sie sich, und machte aus ihrer Geste keine Weltanschauung, … wenn alle wohlhabenden Leute nur einen Bruchteil ihres Reichtums abgeben, könnte … , wäre … , hätte …, … in Möglichkeitsformen zu denken, ist unnütz! Basta.

Sie setzte die Gabe mit ihrer Absicht in Verbindung. Sie suchte Einzelstücke, die hier in Beirut versteckt unter Ladentischen, in Safes oder auch offen in Schaufenstern liegen. Vom Krüppel kaufte sie Schuhbänder und ging in dem Gefühl weiter, einen nützlichen Kauf gemacht und eine gute Tat vollbracht zu haben.

– Armen Leuten muss man helfen, dachte sie.

Die Anzughändler – oder waren die Herren Kaufleute der Bekleidungsindustrie – riefen ihr zu, sobald sie in Sichtweite ihrer Stände aus dem Gewühl herausragte. Noch während der eine, an dem sie vorüberging, seine Waren als die besten des Landes pries, begann der andre bereits mit Jacken und Hosen zu winken und die gute Qualität seiner und nur seiner Waren zu beschwören. So wiederholten sich, einzig im Klang der Stimme unterschieden, Angebot über Angebot, Anpreisung über Anpreisung, von kurzen Lockrufen der Kaufleute, die ihr Kommen nicht gewahrten, unterbrochen:

– Hier! Komm! Gucken!

Ein Junge wedelte vor ihren Augen mit Blusen, die jeder Mann an ihrem Leibe zu würdigen wüsste:

– … zum lächerlichen Preis von …, er stockte, versetzte ihr einen Stoß.

18

Sie konnte nicht erkennen, ob mit Absicht oder durch das Gedränge verursacht, was sie missmutig stimmte. Virginia, der Herausforderung weit ausweichend, denn als solche musste sie den Stoß hinnehmen, gewollt oder absichtslos, nahm alle Kraft zusammen, dem Flegel nicht ins Gesicht zu schlagen, um so das aufdringliche Handeln zu bestrafen und nicht als Unterlegene angesehen zu werden. Sie ertappt sich dabei, im Machtdenken rückfällig zu werden. Sie wagt den Anschlag nicht, und fühlte sich dennoch erleichtert, weil kein Auge diesen Zwischenfall wahrgenommen hatte. Die abweisende Bewegung ihres Armes verriet nicht den geringsten Anschein ihrer Erregung. Sie konnte in der engen Gasse nicht forsch ausschreiten, hier kamen die Suchenden und Schlendernden nur Schritt für Schritt vorwärts.

– Ich muss mich einfügen, Teil der Menschenschlange werden, dachte sie, mich einordnen, der Gesamtheit fügen.

Trotz dieser Gedanken entgingen ihr nicht die vielen Anzüge, die an den Wänden, auf Gestellen, an Drähten von Decken und Himmel herabhingen.

– Männersache!

Hinter der Wegkreuzung verhielten sich die Stoffhändler zurückhaltender an ihren Ladentischen, die ballenweise beladen und mit farbenreichen Mustern bedeckt waren, um dem Kunden so die Auswahl zu erleichtern. Hier gab es kein schreiendes Angebot, die Stimmen erstickten in den Stoffballen. Die Kaufhandlungen wurden ohne laute Betonung als Gespräch geführt, wenn auch gestenreich von Armen und Händen begleitet.

Im Vorübergehen sah Virginia eine Frau, die sich Stoffbahnen vom Verkäufer über den Körper legen ließ. Er drapierte mit geschickten Handgriffen die Falten. Sie hatte Lust, die Seide auch an ihrem Körper fallen zu sehen oder die Hände, die sie drapierten, an ihrem Körper zu spüren. Sie zwang sich, ihrem Gelüste nicht nachzugeben.

– Kein Parfum, keine Seide!

Und schritt entschlossen auf das Ende des Basars zu, um nach Menara in ihre Wohnung zurückzukehren.

19

III

Der Fahrer eines Chevrolets hupte, als Pedro Juan Juan, die Rue Foch heraufkommend, über die Straße gehen wollte.

– Hamra! Hamra! rief der Fahrer aus dem offenen Fenster. Juan brauchte sich nicht betroffen zu fühlen, er wollte auf den Basar gehen.

Warum wirkt ein Basar wie ein Saugnapf? Weil sich hier das Leben grundsätzlicher unterscheidet vom Tagein-tagaus-Rhythmus. Touristen sind immer von Märkten einer Stadt angezogen, wenigstens nachdem sie die Sehenswürdigkeiten erledigt hatten.

– Ich bin kein Tourist, dachte Juan und wartete.

Die Autos schoben sich doppelreihig und dicht gedrängt vorüber.

– Istanbul ist eine geschichtsträchtige Stadt, die mit Altertümern vollgestopft ist. Anstelle der aufwändigen Hotels hier, sind dort die Moscheen, Bauwerke, die ihresgleichen in der Welt suchen. Das Bild von Kuppeln haftet in der Erinnerung, Steinglocken, die, kleiner werdend, vom Himmel herabschwingen, leicht wie die Mobiles von Calder oder der Klang eines Glockenspiels. Die Silhouette Istanbuls wird von Kuppeln gebildet, die, fast ironisch, vier- oder sechsmal von der Spitze der Minaretts aufgefangen und nach oben in den Himmel zurückgelenkt werden, um so die Leichtigkeit zu vermitteln, die Stadt sei erfüllt von Herabfallen und Aufsteigen. Hier in Beirut ist in Steinen symbolisiert, was ständig geschah und geschieht: der Auf- und Niedergang des Irdischen. Auf dem Bosporus und am goldenen Horn ein ähnliches Spiel: ein Wald von Schiffsmasten und Ladebäumen reckt sich nach oben, so, je nach Standpunkt des Beschauers die Silhouette kontrapunktisch wiederholend oder mit dem Serail im Rücken, Häuserkanten nachzeichnend. Ein Bild der Erinnerung, dass nicht der Wirklichkeit entsprach.

– Ich bin in Beirut, wies Juan seine Gedanken zurecht.

Der Polizist hatte die Autos gestoppt und die Fußgänger überschritten die Straße. Juan verzögerte seinen Schritt für Bruchteile von Sekunden, als er die Wechselstube an der Ecke sah, ging aber vorüber, da er genügend Geld in der Tasche hatte, um seinen Ansprüchen zu genügen.

Hauptzeit, kurz vor Mittag. Die Menschenmenge drängte sich dichter zusammen, je näher er der engen Gasse kam, in der Herrenkleidung angeboten wurde. Juan fühlte sich erdrückt von der Fülle des Angebots. Ihm war das Chaos, in das er eindrang, ein hoffnungsloses Durcheinander von Stimmen, Gesten, Gerüchen, von Sachen und Menschen, denen er keine Struktur geben konnte, unangenehm. Dem wüsten Treiben wollte er schleunigst entrinnen. Er hatte das Gefühl, in einem weichen Wollknäuel verstrickt zu sein, dessen Fäden ihn nicht erdrückten, ihn aber schwerlich wieder freiließen. Obwohl er noch keine Früchte sah, war er bereits in Rufweite der Verkäufer, die schrieen und sangen:

– Äpfel! Äpfel! Äpfel! Heute 40! Das Angebot des Jahres!

Oder:

– Tomaten, das A langgezogen: Tomaaaten! Kilo nur 20 Piaster. Orangen! Orangen!

Dazwischen das helle Kreischen einer Stimme, dessen Angebot Juan nicht verstand.

– Bemerkenswert! Sie unterscheidet sich von dem monotonen wiederholen der Preise und Waren.

Der ganze Reichtum eines gesegneten Landes lag vor ihm, als er in die *Obst- und Gemüseabteilung*, wie er diesen Teil des Basars nannte, einbog.

– Ohne Absicht, gestand er, denn um die Antiquitätenläden zu erreichen, hätte er den Weg durch den Stoffbasar einschlagen müssen.

– Warum setzte ich mich diesem Gewühl aus, in dem Stoßen und Treten an der Tagesordnung sind, in dem Taschendiebe nach willkommenen Opfern mit fetten Brieftaschen oder gefüllter Geldbörse Ausschau halten?

In Körben und Kisten, auf Tischen und Brettern waren die Früchte gestapelt. Im Vorüberschreiten konnte Juan die Fülle

22

der bunten Haufen, Apfelsinen, Pampelmusen, Äpfel und Tomaten, Gurken, Wurzeln … zu Pyramiden geschichtet, drall und farbenreich zur Reife gediehen, nur flüchtig wahrnehmen. Sie füllten die Wegseiten, die teils Segeltücher schützten, teils unter der Sonne litten, die hoch über die Dächer kam. Hände von Verkäufern begannen, dem Käufer seine Wünsche von den Augen ablesend, ehe er den Entschluss zu kaufen geäußert hatte, in Windeseile von den Bergen der Früchte abzutragen, um die Ware im Nu in Tüten oder Körbe zu füllen. Der Kauf war getätigt, ehe der Käufer sich besann. Der nächste Kunde wurde schon lachend bedient, mit einer Formel begrüßt, während beiläufig, aber nicht ohne Danksagung, das Geld eingestrichen wurde, dass der andre umständlich aus dem Portemonnaie heraussuchte.

Wieder dies Vollpacken und Kassieren von fröhlichem Wortwechsel begleitet, so dass jeder, Käufer und Verkäufer, seinen Spaß an dem Vorgang hatte. Stimmen … :

– Orangen, Orangen! Kauft Orangen!

– Äpfel heute billig! Hier das Angebot des Jahres! Einmalig! … füllten die Schlucht der Obst- und Gemüsestände.

– Täglich, dachte Juan, und war froh, dass er sein Geld in dem Gewühle nicht heraussuchen musste.

Kleine Jungen, die Tüten, Säcke oder Körbe verkauften oder ihre Dienste als Träger anboten, wanden sich durch das Gewühl wie Katzen, die ihren Weg kennen, flink und wendig mit den Augen Taschen, Röcke und Hosen erspahend. Um an einen Kunden heranzukommen, sprangen sie über Kisten, wenn es sein musste oder schoben diese rücksichtslos beiseite, was oft fluchend bemerkt wurde, und, am Ziel, stießen sie den Ellenbogen in die Seite des Opfers.

Juan nahm dies Handeln als ein eingespieltes Ritual, dass zu nichts andrem führte, als die Aufmerksamkeit auf sich zu lenken, damit ein andrer die Gelegenheit nutzte, in die Tasche zu langen.

– In Istanbul ist der Basar …, Juan unterbrach den Gedanken …, warum muss ich in dieser Lebensfülle, von der ich um-

23

geben bin, an Istanbul denken? Wir vergleichen immer. Im Vergleich werden wir abgelenkt oder lenken ab.

Ein Passagier hatte gesagt:

… macht das Licht zu dem, was es ist!

– Was bin ich? Wer bin ich? Was macht den Menschen zu dem, was er ist? Frage: die Umwelteinflüsse? Ich glaube ja, wenn die Anlagen im Menschen bereitliegen, sie aufzunehmen! Das ist leicht gesagt. Weltanschauungen vertreten Thesen. Man muss Widersprüche entdecken, um daraus Endgültiges formulieren zu können, muss Neuigkeiten entdecken, die sich widersprechen. Muss gefordert werden, muss geben können. Muss entscheiden können, oder Entscheidungen hinauszögern. Mit den Gegensätzen leben können. Die Gegensätze vereinen. Das Leben ist nicht zu verstehen. Die Handlungen resultieren aus der Forderung nach Handeln. Ich sitze in der Stube im Sessel und was geschieht? Nichts! Weil ich nicht gefordert bin. Muss ich denn essen, wenn ich nicht hungrig bin? Gewachsen von der Mutterbrust zu einem Kampfhahn. Von der Mutterbrust zu einem Schürzenjäger. Von der Mutterbrust zum Mörder … zum Gangster, Verbrecher. Ist der Mensch gut, wenn er in die Welt gesetzt ist? Liegen Anlagen in ihm, die ihn nur für bestimmte Fähigkeiten oder sogar für vorherbestimmte Dinge anfällig machen?

Juan hatte gedacht, dass die innere Ruhe der Einklang mit der Umwelt ist. Angesichts des Chaos um ihn herum, war er nicht sicher, ob der Satz Gültigkeit hat. Er ging im Einklang mit der Umwelt, fühlte aber eine schwebende Leichtigkeit in sich, die ihn heiter und froh stimmte.

– Bin ich selbst das Chaos, das von der Umwelt bestimmt ist? Wird mein Handeln und Denken von den Einflüssen, die hier auf mich einstürzen, verführt?

Am *Platz der Freiheit*, der auch der *Platz der Märtyrer* genannt wird, fiel ihm auf, dass er Stunden seines Lebens ohne Ziel und Absicht auf dem Basar verschwendet hatte.

– Sinnlos? fragte er sich und fügte hinzu: Wirklich?

24

IV

Juan ließ das Taxi vor der *Tortuga* halten, stieg aus und schritt, nachdem der Fahrer entlohnt war, die Marmorstufen des Cafés und Restaurants hinauf, vorbei an den besetzten Korbsesseln, der schattigen Terrasse auf die Tür zu. Er wollte zu Mittag essen. Nicht im Freien, wo sich Studenten und Studentinnen aller Semester, Einzelgänger, Künstler oder solche, die sich dafür hielten, einfanden, sobald die Gelegenheit war, um, ihres Alleinseins überdrüssig, ein Wort zu wechseln, eine Unterhaltung zu führen. Treffpunkt der Jeunesse Dorée.

Die Leute kamen vor dem Essen, um einen Aperitif zu nehmen, sie kamen zu den Mahlzeiten, denn die Auswahl der Speisen war reichhaltig und die Preise wenig höher als üblich, aber auch, um die Tasse Kaffee mit Gebäck in den bequemen Sesseln unter den Akazien als Nachtisch zu genießen. In der *Tortuga* gab es keine Stunde, in der sich nicht irgendein Wiedersehen, ein Wiedertreffen, wiederholte. Immer trafen sich Bekannte, die sich irgendwann, irgendwo über den Weg gelaufen waren. Warum hier? Weil hier eine Atmosphäre herrschte, die locker und zugleich verbindend ist. Dazu trug jeder, der hier verkehrte, seinen Teil bei. Sicherlich auch die Dekoration, die den Ort heimisch und vertraut erscheinen ließ.

Das Wandbild hinter der Theke, die in Chrom blitzte, rief zwar Widerspruch hervor, besonders bei Künstlern, denen der Auftrag entgangen war, aber die Idee der Gestaltung war unverkennbar. Die Einheit war erkennbar, der Gleichklang im Ambiente der Räume untereinander zu spüren; ein sachlich Beurteilender musste diese Gestaltung als vollkommen ansehen. Gewiss, jeder Künstler hat seine eigenen Vorstellungen, die er verwirklicht sehen möchte, aber, einmal geschaffen, fallen sie unter die Kritik, wohlwollend oder niederschmetternd. So oder so. Da war kein Akzent falsch gesetzt, kein Ton in der Wahl der Farbe vergriffen, selbst das einfließende Tageslicht war berechnet,

25

jedenfalls um die Mittagszeit. Die diffusen Schatten brachten die Farbklänge in den beiden Räumen zum Einklang. Hier das Schwarzweiß-Foto an der Wand: Krauses Waldgeäst. Dort das abstrakte Wandbild mit scharf geschnittenen Formen: Kuben, Linien, Scheiben, Dreiecken … Schwarzweiß-Mobiliar davor, feinste Marmorierung auf den Tischen, die mit dem Geäst im andren Raum in Verbindung stand, der wiederum mit den farbigen Stühlen und Tischen kontrapunktisch zum Fotogeäst stand, aber die Verbindung zum Wandbild herstellte.

Flüchtige Besucher maßen den Materialien wie Leder und Marmor keine Bedeutung zu. Sie nahmen die Ähnlichkeit der Verzweigungen auf Tischen und an der Wand auf, waren sich aber als Laien nicht bewusst, welche Sensibilität diese Gestaltung voraussetzte. Den stärksten Akzent bildete die Decke aus rötlichem Mahagoniholz, in dem geschickt verteilt Spiegel eingelassen waren.

Juan war durch die Glastür eingetreten. In beiden Räumen waren die Tische besetzt. Er warf einen Blick auf den trockenen Gummibaum, der als traurige Kreatur, wie selbst er in diesem Augenblick, hilflos in der Ecke stand. Kaum war sich Juan seiner Lage bewusst, er konnte seine Enttäuschung, keinen Platz zu finden, nicht verbergen, da trat der Maître d'Hotel auf ihn zu und fragte zuvorkommend und von unaufdringlicher Höflichkeit nach seinen Wünschen. Der Maître beherrscht die Regeln des Umgangs des einen mit dem andren, er fühlte instinktiv, welche Menschen zu wem passten; er strotzte von Menschenkenntnis. Also wies er Juan einen Tisch, an dem eine junge Dame aß. Sofort schoss Juan durch den Kopf:

– Keine Studentin, aber studiert, eine gebildete Frau.

Während der Maître unter Entschuldigungen, dass er keinen Platz zu bieten habe, zurücktrat, nickte Juan zum Gruß:

– Pardon, und bat auf Englisch um die Erlaubnis, den Platz einnehmen zu dürfen. Die Augen seines Gegenübers, keinem Gespräch zugetan, verrieten Wohlwollen. Die Dame ließ sich herab, wie es Juan schien, den Herren, der in veränderter Höflichkeit mit dem Zug zum Weltmännischen auftrat, in ihrer

Nähe zuzulassen. Sie wies mit der Hand, ohne den Mund zu öffnen, auf den Stuhl.

– Die Frau hat Allüren, die sie mit großen Gesten verbindet, dachte Juan, soll ich zur Zeitung greifen, um mich dahinter zu verstecken oder die Gelegenheit nutzen, eine Verbindung herzustellen, ein Gespräch anzufangen?

Er, der sich als Weltmann fühlte, der verschiedene Weltreisen ohne Zwischenfälle hinter sich gebracht hatte, der mit Königen wie mit Bettlern, und mit Bettlern wie mit Königen verkehrte, wie er sich einbildete, soll er jetzt hier am runden Tisch, an dem eine fremde junge Dame ihr Mittagessen einnimmt, versagen? Sollte er nicht fähig sein, ein Wort mit ihr zu wechseln? Von allen Lastern, die Juan verbarg, konnte er am sichersten eins nicht verbergen: seine Neugierde.

– Soll ich … soll ich nicht? … ein Gespräch beginnen, das gewöhnlich mit dem Aufzählen von Krankheiten in der Familie oder den unglücklichen Kindern endet. Er möchte wissen, welche Sprache die junge Dame spricht. Der Entschluss zu sprechen ist gefasst.

– Would you mind …

Auf Englisch fragte er, als sei die Sache eine Herzensangelegenheit, ob es ihr wohl sehr unangenehm sei, wenn er die Übergardine, er saß am Fenster, ein wenig zuziehen dürfe, damit seine Augen nicht geblendet würden?

Sie sah ihn an, als sähe sie in ihm ein Gespenst, dem jegliche normale Reaktion fehlt.

– Wie kann man geblendet sein? dachte sie, ließ noch *Einbildung* durchgehen und machte wieder, ohne den Mund aufzutun, die Geste mit der Hand, die Juan als Zustimmung auslegte. So abgefertigt fing er an:

– Die englische Sprache ist sicherlich die am meisten gesprochene im Libanon.

Sie nickte.

– Ist er vor kurzem hier angekommen oder spielt er den Neuling, fragte sie sich.

Sie war auf der Hut, nicht in eine Falle zu laufen.

27

Der Ober reichte die Speisekarte, doch Juan lehnte ab, da er wusste, dass hier Sauerkraut serviert wird. Er bestellte:

– Choucroute!

Die junge Dame konnte ein Verziehen des Mundes nicht verbergen, das Juan mehr als Lächeln, denn als Schmähung deutete, und brachte es fertig, sich leicht nach vorne zu neigen, die Fremde zu fragen, ob sie auch gerne Sauerkraut äße?

Sie, auf Englisch:

– Sauerkraut ist das unverkennbare Zeichen eines deutschen Essers.

Juan hätte mit der Äußerung rechnen müssen, doch spielte er seine Überlegenheit aus, um auf keinen Fall seine Herkunft preiszugeben und antwortete:

– Wissen Sie, dass auf der Weltausstellung in Brüssel, wo an allen Ständen Essen verabreicht, ich sage: *verabreicht*, wurde, am meisten Sauerkraut gegessen wurde? Ich weiß, außer den Deutschen waren Millionen Besucher aus der ganzen Welt dort. Sauerkraut kann nicht als ein Nationalzeichen, als eine Nationalmarke angesehen werden.

Sie zeigte sich überrascht. Empörte sich innerlich, dass sie ihn als Tischgenossen zugelassen hatte, denn sie empfand keine Lust, sich belehren zu lassen. Juan, um aus dieser Peinlichkeit herauszukommen, die er sehr wohl bemerkte, schnitt ein andres Thema an, um abzulenken:

– Gefällt Ihnen die Dekoration hier?

Virginia errötete leicht und fühlte sich betroffen. War sie doch an der Gestaltung insofern beteiligt, als sie Tag für Tag erlebte, wie die Arbeiten fortschritten. Wenn Elmar, ihr Malerfreund, zu ihr kam …

– Lass dich nicht stören, ich bin's!

…, um leidenschaftlich über Gestaltungsprinzipien Vortrag zu halten …, sie wollte nicht darüber sprechen, die Zeit war zu kurz, um sich damit abfinden zu können, dass Elmar für sie ein für allemal aus der Welt war. Um die Frage nicht zu beantworten, erwiderte sie mit einer Gegenfrage:

– Gefällt Ihnen Beirut?

28

– Ja und nein, sagte Juan, um alle Türen eines Gesprächs offen zu halten.

Was besagt schon eine bejahende Verneinung?

– Es kommt darauf an, welche Gebiete Sie betreten. *Gebiete* im doppelten Sinne, räumlich und als Sachgebiet gemeint.

Virginia antwortete:

– Wenn ich mich in den Basar begebe, bin ich hilflos den oft widerwärtigen Zudringlichkeiten der Männer ausgesetzt.

– Sie ist allein, konstatiert Juan, ob sie einen Begleiter sucht? Sie fuhr fort:

– Sie als Mann können sich ihrer Haut wehren, wenn sie angestoßen werden.

– Sie nicht?

– Nein! Ein Weg über den Basar ist ein Spießrutenlauf. Alle Männer versuchen mich zu berühren.

– Kann ich verstehen!

– Was? Das Spießrutenlaufen?

– Allerdings! Man sollte die alte Sitte beibehalten und schöne Frauen verschleiert auf die Straße schicken, dass unter den Männern kein Aufruhr der Spieße verursacht wird.

Sie glaubte Geschichten aus einem Märchenbuch zu hören, während er lachend das Gesagte noch unterstrich.

– Leben Sie als mittelalterlicher Schlossherr in verwunschenen Verließen oder stehen sie mit beiden Beinen in der *Tortuga*?

– Weder das eine, noch das andre. Aber sie werden zugeben, dass Männer, Ritter oder Gentleman, denen Sie nahetreten, Verzeihung, die *Ihnen* nahetreten, Ihre Aufmerksamkeit erwecken möchten. Auch ich kann nicht widerstehen zu erklären, dass ich in meinem Leben keine so schönen Augen sah, wie die Ihren, und ich sah einige. Entschuldigen Sie diese Zudringlichkeit, die sie bitte als ihr Verdienst auffassen mögen.

Der Ober fragte, ob sie Dessert wünsche. Sie möchte zahlen, um, wie sie sagte, dieser plumpen Annäherung auszuweichen.

Juan stellte fest, dass er einen Fehler begangen hatte und registrierte, dass sie Englisch mit ihm und Französisch mit dem Kellner sprach. Er suchte zu überbrücken und fragte auf Französisch:

– Sind Sie schon lange in der Stadt?

Sie schwieg. Juan sah ein, dass auch er Fragen, wie diese, als grobe Einmischung in die Privatsphäre übergangen hätte, das war zu viel der Neugierde. Sie griff ihre Handtasche, ein italienisches Modell aus weichem Kalbsleder, Nappa, um das Portemonnaie herauszuholen. Dann wartete sie auf die Rückkehr des Obers, ohne von der Tasche aufzusehen. Juan schoss durch den Kopf, dass er, wenn er wirklich galant sein wollte , die Zeche bezahlen würde, um den Fauxpas wieder gut zu machen. Da sie sich als sehr selbstständig zeigte, würde sie diese Haltung geradezu als Verpflichtung ansehen, die sie auf keinen Fall eingehen würde, also zahlte er nicht.

– Sehr freundlich von Ihnen, mir Dinge unter die Nase zu reiben, für die ich mich hoffentlich nicht zu entschuldigen habe.

– *Unter die Nase reiben*, wiederholte Juan in seinen Gedanken, und entschuldigte die Entgleisung ins Gewöhnliche mit ihrer inneren Erregtheit, die er verursacht hatte.

– Ich bitte Sie, mir zu glauben, dass das Kompliment vor Begeisterung aus meinem Munde fiel. Hätten Sie etwas dagegen, wenn ich Ihnen in der Stadt bei Ihren Erledigungen behilflich sein werde?

Der Ober nahm das Geld entgegen. Dann lenkte sie ein:

– Sie kennen Beirut also!

– Flüchtig, aber ich habe einen sicheren Instinkt für Richtungen. Darf ich, bevor ich auf ein neues Rendezvous hoffen darf, das wir doch nicht dem Zufall überlassen wollen, mich vorstellen? Mein Name ist Pedro Juan Juan.

Die Zauberformel war ausgesprochen. Alle feindseligen Gedanken waren verflogen. Sie verstummte und brachte erst nach einigem Zögern heraus:

– Ach, ich dachte, sie wären Deutscher.

– Sie sehen, gnädiges Fräulein, der Augenschein trügt.

– Übrigens: Virginia von Bernburg.

– Angenehm.

– Angenehm.

– Danke.

– Bitte.

30

– Der Name ist deutsch ... oder zumindest europäisch. Lächerlich, mit welchem Eifer immer wieder Fragen der Nationalität besprochen werden. Seien wir Europäer, wenigstens in Asien.

– Das Wissen um die Staatsbürgerschaft erlaubt Rückschlüsse auf den Charakter.

– Sagen Sie: Volkscharakter! Dann haben wir Sauerkraut- und Reis-Esser, Tee- oder Kaffeetrinker und was weiß ich? Die in Bausch und Bogen rechnende und verdammende Verallgemeinerung.

– Beruhigen Sie sich, mein Herr, sagte sie in herablassendem Ton.

Sie wollte die Überlegenheit, die ihr Verletzungen einbrachte, rächen. Dann murmelte sie etwas von Gehen und stand auf.

– Darf ich Sie nicht wiedersehen, brachte Juan noch heraus.

Er vernahm, dass sie hier öfters aß.

– Auf Wiedersehen!

Sie nickte und verließ den Raum durch die Glastür über die Terrasse.

– Auf Wiedersehen! Rief Juan ihr nach! Aber sie war schon die Stufen hinab auf den Bürgersteig gesprungen, als ein Taxifahrer vor ihr brüllte:

– Menara! Menara!

Sie stieg ein.

V

Nassir und Samir, Nachbarskinder aus dem Tal-el-Zaatar-Viertel,[2] arbeiteten unter der brennenden Sonne. Sie mussten auf Geheiß der Väter einen kleinen Bauplatz in der Altstadt von Steinen befreien.

– Eine Sklavenarbeit, stöhnte Samir, wenn er einen Stein gegen die Mauer warf.

– Ein Schufterei, klagte Nasir.

Gegen ihren Willen führten sie die Arbeit aus, aber immerhin mit Berechnung. Sie mussten das verdiente Geld, darüber wachte das Familienoberhaupt streng, ihren Müttern abliefern. Sie ahnten, dass der Vater sie mit einer Flut von Fragen überschüttete, würden sie Geld nach Hause bringen, ohne dafür gearbeitet zu haben. Sie brauchten von Zeit zu Zeit die harte Arbeit, hart verglichen mit Zigarettenverkaufen oder Autowaschen, als Beweis für ihren unterwürfigen Gehorsam, den Wünschen des Vaters gegenüber, und als Alibi, dass sie als rechtschaffene junge Männer einer geregelten Arbeit nachgingen. Von *brauchen* im Sinne körperlicher Notwendigkeit oder als Krankengymnastik konnte nicht die Rede sein. Ihre Körper, gestählt und strotzend vor Kraft und Gesundheit, entsprachen den Anforderungen einer Mister-Wahl der Bodybuilder.

Der Vater fragte sie, wann und wo sie das Geld verdient hatten. Sie waren gezwungen, über jeden Heller, den sie ablieferten, Rechenschaft abzulegen, was bald dazu führte, dass sie Geld nur noch in kleinen Summen zur Verfügung stellten, die größeren Summen jedoch unterschlugen, um nicht dauernd Rede und Antwort vor ihren Vätern stehen zu müssen. Wenn sie dennoch die bohrende Neugier des Vaters traf, der seine Söhne in rechtschaffenem Sinn erziehen wollte, bogen sie in die Lüge ab. 1000 Kleinigkeiten ließen sich erfinden, um die Herkunft des Geldes nachzuweisen:

– Ich habe bei einem Nisnari,[3] einem Ausländer, den Fußboden gescheuert.

– Ich habe den Korb einer Ausländerin vom Markt in die Wohnung getragen … und ähnliche Ausreden.

So sehr sie die Stellung des Vaters in der Familie achteten, so sehr wünschten Sie in der Clique ihrer Freunde geachtet zu werden, die sich in der Stadt trafen. Daher überließen sie den andren, Denken und Überlegen war unnützer Ballast in ihrem Kopf, üble Nachrede oder Verleumdung aus der Welt zu schaffen, wenn sie ruchbar wurden. Für sie war das leere Gerede Zeichen von Beachtung, das mit Neid verbunden ist oder – insgeheim – mit Hochachtung und Bewunderung.

Sie kannten die Reaktion von Passanten, die an der Baustelle vorübergingen: Verzögerung der Schritte, um das Bild der beiden halbnackten Körper in sich aufzunehmen, zu genießen. Für Nassir und Samir eine Alltäglichkeit, die sie zur Kenntnis nahmen. Schweißperlen auf der dunklen Haut, der lebendigen, atmenden Oberfläche des Körpers, waren wie Seen in der Wüste: Sie wirkt auf die Sinne fruchtbar. Nicht so der Anblick der marmorkalten Glätte einer viel gepriesenen Venus. Nassir sagte:

– Ich will trinken!

Samir sagte:

– Wir wollen trinken!

Sie holten Wasser aus dem Schlauch und tranken. Dabei würdigten sie die geleistete Arbeit: Das Stück Bauplatz lag als Sandfläche vor ihren Augen. Als der Aufseher kam, schrie er:

– Faules Pack! Arbeitet, ihr Hunde, weil er sie Wasser trinken sah.

Gelassen, ohne die Miene zu verziehen, bückte sich Nassir und warf den Stein, der zu seinen Füßen lag, nach dem Aufseher, der sich hinter die Mauer rettete.

– Noch einmal *Faules Pack*, und du bist eine Leiche!

– Schert euch zum Teufel!

– Nicht ohne Lohn!

Er rückte heraus, was ihnen zustand, und verfluchte sie als schmeißendes Gesindel.

Am *Platz der Freiheit* sahen sie sich um:

– Sollen wir trinken oder ins Kino gehen?

Da sie den Einfällen des Augenblicks mehr folgten, als nutzlosen Überlegungen, schlenderten sie, wie die andren jungen Leute um den Platz herum, in dem erhabenen Selbstwertgefühl, Reichtümer unter der Haut spazieren zu führen.

An der Bratküche hielten sie, posierten vor dem Verkäufer, dem sie als starke Männer mit dem Anspruch auf das geraspelte Fleisch – sich als Block vor der Glut drehend – Geld auf den Tisch legten. Vor dem Kino waren sie sich einig, ein Blick genügte, am Abend hierher zurückzukehren. Sie fuhren gemeinsam nach Hause, wo ihre Mütter auf das Geld warteten.

– Brave Söhne!

Nicht die Belobigung der Mütter, wohl aber die vielfarbigen Plakate in den Schaukasten des Kinos, verführten sie zu übermütigen, wenn nicht sträflichen Streichen.

– Geil! Das Mädchen in den hohen Stiefeln.

– Cache Sex⁴ ... aus der Hüfte schießen ...

– Beine breit ... für die Killer!

– Kein Erbarmen für die Armen!

Samir lachte und spürte ein Lustgefühl in sich, das er nicht erklären konnte. Gewalttäter, Rohlinge, Wüstlinge überfallen, rauben, morden und zerstören. Das sind Ermutigungen, Aufforderungen, eigenes Können unter Beweis zu stellen. Er fühlte sich nicht als Opfer einer schamlosen Werbung, die rücksichtslos Gefühle verletzt. Samir und Nasir waren gefesselt von den Bildern. Der Entschluss war gefasst, die Enthüllungen lebendig auf der Leinwand zu erleben. Sie gingen ins Kino. Sobald sich Gelegenheit bot zu lachen, wurde hemmungslos gelacht und gejohlt, wenn Unrecht geschah, wem auch immer, schrieen die meisten aus Empörung. Lachsalven und laut kommentierte Protestrufe füllten den dunklen Raum, so dass ernsthafte Zuschauer, die andächtig dem Lauf der Bilder folgen wollten, mehr vom Gebaren der Zuschauer, als von den Ereignissen auf der Leinwand gelenkt waren. Missfallen wurde durch Pfeifen bekundet, was wiederum mit Pfeifen aufgenommen wurde. Schreien, Grölen und Pfeifen wechselte mit Stille. Jeder Zuschauer schien jedoch befriedigt das Kino zu verlassen. In der Menge der sich drängenden Kinobesucher gaben sich Nassir und Samir das Zeichen zum Knacken, wie sie das Stehlen aus Taschen nannten. Ermutigt und ermuntert von dem leibhaftigen Flimmerspiel auf der Leinwand, begannen sie, durch Blicke verständigt, Position vor und hinter dem Opfer einzunehmen. Das Folgende lief mit einer präzisen Schnelligkeit ab, die jeder Kenner, hätte er das Spiel entdeckt, als *gekonnt* bezeichnet hätte: Ein Schlag in die Geschlechtsteile eines Mannes verfehlt seine Wirkung nicht. Der wütende Mann versuchte sich auf Nassir zu stürzen, um ihn zur Rechenschaft zu ziehen, als Samir bereits den Bruchteil einer Sekunde dafür nutzte, das Portemonnaie aus der Hosentasche zu ziehen. Mit der Miene eines Biedermanns empört er sich im Chor der Stimmen, die die Verkommenheit der Jugend beklagten und Verdorbenheit und Müßiggang als Ursache aller Verbrechen geißelten.

– Unglaublich, schrie der in Mitleidenschaft Gezogene und gab es auf, Nassir, der sich in der Menge davongemacht hatte, nachzustellen.

Wie abgemacht, trafen sich später die Freunde im Bordell. *Pension Aurora*. Hier brachten sie das mit Geschick erworbene Geld, das sie brüderlich teilten, in die Automaten, die zur Zerstreuung der Kunden im Vorraum des Treppenhauses aufgestellt waren. Diesmal hatten sie Glück, bekannten beide schmunzelnd. Mit der Summe konnte Samir sich endlich die zweite und dritte Tätowierung leisten, nach der ihm seit langem gelüstete.

Hauptzeit! Kurz vor Mitternacht! Rush hour! Nicht das Gedränge des Tages wie auf dem Basar, jedoch reges Kommen und Gehen in den Pensionen. Pensionen, die, das wussten die Kenner, ihre Besonderheiten nur im intimsten Raumbereich preisgaben: Stiefel und Peitsche, Ketten und Nadeln, Rauschgift; von den Biedermännern als verkommenes schreckliches Laster verschrien, von den Lüstlingen als wunderbare Ausschweifung der menschlichen Fantasie gepriesen.

Bleiben wir bei der Verkommenheit:

Herren in feinen Anzügen ließen die Taxen vor der gewünschten Pension halten und verschwanden flink und unerkannt. Weder Nassir noch Samir war nach einem Aderlass zu-

36

mute. Das Spiel an den Automaten hatte sie gelangweilt, die Freunde, vor denen sie mit ihrem Raubzug prahlen konnten, blieben aus, so dass sie mit dem Volk, den Bauern, Soldaten, Matrosen, Ausländern und Bürgern, nachsichtig umgingen. Sie schenken Ihnen keine Beachtung. Diesmal nicht, weil sie müde waren.

VI

Juan stieg vor der *Tortuga* aus. Mittagszeit. Beim Eintreten nickte der Maître ihm zu, als Zeichen einer freundlichen Begrüßung. Juan schritt durch die Räume, indem er unaufdringlich, aber sehr genau beobachtete. Mehr der Not gehorchend, weil im Restaurant nirgends Platz war, setzt er sich auf die Terrasse in den Sessel, wo der Ober diensteifrig seine Bestellung entgegennahm:

– Einen Martini Dry. Ohne Soda!

Der Maître war durch zustimmende Blicke und angemessenes Trinkgeld von den Wünschen seiner regelmäßig wiederkehrenden Gäste unterrichtet. Juan konnte in dem Gefühl eines geheimen Einverständnisses, auf die Bitte, zum Mittagessen Platz zu nehmen, warten.

Kaum hatte er das Glas geleert, als das Zeichen zum Platz nehmen kam. Virginia von Bernburg war nicht im Raum. Juan aß Hammelkeule allein. Auch den Kaffee, den er, um für wartende Gäste den Tisch freizumachen, auf der Terrasse nahm. Dort traf er zufällig – was sind Zufälle? – den jungen Mann, mit dem er vor einiger Zeit geschäftlich zu tun hatte. Josef Mrais hatte ihm, aus welchen Ecken des Landes auch immer, Stehlen verschafft, deren Herkunft und Wert bis heute nicht erkannt wurden. Obwohl die Situation Zurückhaltung verlangte, rückte er den Stuhl heran, ohne den Kreis der Mädchen und Männer zu sprengen. Ein Blick genügte, um festzustellen, dass Ausländerinnen mit Einheimischen in ausgelassener Fröhlichkeit lachten. In der Freude, einen Bekannten wiederzutreffen, wechselten Fragen und Antworten. Doch Juan, von dem jungenhaften, fast ungezogenen Benehmen des lustigen Volkes abgestoßen, brach bald unter Hinweis auf wichtige Verabredung auf, beiläufig seine Karte mit der Telefonnummer hinterlassend. Für alle Fälle.

Regina Lindner, eine junge Dame aus dem Kreis, hatte Juan vom ersten Auftauchen an nicht aus dem Auge gelassen und, als er sich verabschiedete, nur eben winkend, ging auch sie, so dass beide die Stufen zusammen hinunterschritten. Sie wollte die Gelegenheit nicht verstreichen lassen, zu sagen, sie sei auf der *Lydia* gefahren, wie er.

Die Zurückbleibenden riefen Regina zu:

– Viel Spaß am Strand, und schnalzten mit der Zunge, hoffentlich sehen wir dich bald wieder!

Sie beachtete die Zurufe nicht, sondern sagte:

– Sie sind Herr Juan, nicht wahr?

Juan war froh, der Gruppe entwichen zu sein. Lärmend und lachend auf Straßenterrassen zu trinken, entsprach nicht seinem Wunsche.

– Ja, mein Name ist Pedro Juan Juan. Woher kennen Sie mich?

Die Förmlichkeit war wie eine kalte Dusche.

Sie nannte ihren Namen:

– Regina Lindner.

– Freut mich!

– Ich freue mich!

– Danke.

– Bitte.

Sie standen auf dem Bürgersteig und im sich Gegenüberstehen spürten sie, wie die Förmlichkeit zwischen ihnen wich.

– Ich habe sie auf der *Lydia* gesehen.

Sie gingen ein paar Schritte weiter.

– Kamen sie aus Neapel oder Genua?

– Ich machte Urlaub in Paris.

– Oh, Sie scheinen weit gereist zu sein, kleines Fräulein.

Regina dachte, sie höre nicht recht:

– Sollte *kleines Fräulein* Herabwürdigung oder Scherz sein?

Sie sah ihn streng an, reckte den Körper gerade, dass die Brüste heraustraten und sagte mit Siegermine von oben herab:

– Danke, alter Mann!

Dann lachten beide, als wären Knoten aufgesprungen.

Er sah ihre Zähne leuchten: Weiße, volle, große Perlen.

– Sie halten sich tapfer, liebe Regina! Sie machen ihrem Namen alle Ehre.

40

Sie wollte diesen Menschen würgen und dachte:

– Mich als kleines Mädchen zu bezeichnen ist niederträchtig und gemein, und sagte:

– Sie scheinen Erfahrung zu haben im Umgang mit ..., sie stockte.

– Womit?

– ... mit Puppen!

Er lachte laut und dachte dabei:

– Die hat Sinn für Humor!

– Ich spielte als Kind mit Bären, die waren leichter zu bändigen. Sie waren aus Stoff, hilflose Spielgefährten eines Kindes.

– Ihr Glück.

– Oder Unglück, wie Sie wollen. Kommen Sie übrigens aus dem Schaufenster?

– Aus dem was? *Schaufenster*, sagen Sie?

– Ja, in dem Kleidermodelle vorgeführt werden.

– Wollen Sie bitte und gefälligst die Güte haben, junger Mann, mir anzudeuten, ob sie über Puppen oder Kleider weiterzureden gedenken?

– Ich möchte sagen: Ihr schönes Kleid ..., er sah sie von oben bis unten an, ... ist gemacht für die ...

– ... für die Puppe, hm? Sie sind unglaublich!

– ... für die schöne Figur!

– Danke!

Sie wurde verlegen, biss unmerklich auf die Unterlippe und stieß aus:

– Ach, Sie ..., als wollte sie ihn ..., setzte den Gedanken dann ein wenig trotzig fort: ... Maßarbeit!

– Konnte ich mir denken!

Sie kamen an die Straßenkreuzung, plapperten über Kleider, gingen zu Filmen über, und, als das Gespräch auf Reisen kam, versprachen Sie, sich wieder zu treffen.

– Am einfachsten in der *Tortuga*.

– Abgemacht!

Sie entdeckte noch, ohne ein Wort darüber zu verlieren, dass sie die Augen des Juan liebte, er die Augen der Regina. Die geschwungenen Lippen, die strenge männliche Mundpartie, die weiblichen Rundungen der Brüste, ach, der Haaransatz, die dunkle Stimme, die Art zu lachen, seine Sprechkultur, ihre Bewegungen.

– Bis dann!

VII

Virginia von Bernburg und Pedro Juan Juan mieden die *Tortuga*. Sie hatten sich im chinesischen Restaurant an einen Tisch mit Aussicht aufs Meer gesetzt. Um kulinarischen Komplikationen aus dem Weg zu gehen, bestellten sie indische Reistafel. Sie plaudern über Land und Leute:

– Die Libanesen sind ein großartiges Volk

– Wahrscheinlich die einzigen Nachfahren der Phönizier. Fremde Eindringlinge – wer ist in dieses Land nicht alles eingedrungen – ob Eroberer oder Beschützer, werden mit der gleichen Freundlichkeit begrüßt und aufgenommen, wenn sich die Aussicht zeigt, mit ihnen ins Geschäft zu kommen. Geschäft ist, was mit Geld zu tun hat, wobei keine Rolle spielt, was gehandelt wird. Nur Profit machen zählt.

Soweit die Vergangenheit gestreift wurde, begnügten sie sich mit Erwähnungen erworbener Kenntnisse: Die Eroberung durch Alexander und die römischen Kaiser, die Kreuzritter, die Invasion der Amerikaner. Als sei der Ablauf der Zeit eine lückenhafte Aneinanderreihung von Geschehnissen, ohne vielschichtig zu sein.

– Die Kreuzritter waren keine Beschützer des Volkes, sie drangen ein, den wahren Glauben zu bringen, zu verteidigen, um Muslime von ihrem Irrglauben zu befreien.

– Welch eine Tat … oder Untat! War das vermeintliche Volk schon libanesisch?

– Libanesen, also Muslime und Christen, Orthodoxe oder Katholiken, gibt es seit 1917/18, als das osmanische Reich von den Siegermächten England, Frankreich nach Interessengebieten aufgeteilt wurde, mit dem Lineal auf Papier. So entstanden im Nahen Osten, hier bei uns, die künstlichen Ländergrenzen, Libanon und Syrien von einander getrennt. Auch der Irak oder Palästina sind solche Gebiete.

Um sich nicht in einen Diskurs über geschichtliche Wahrheiten einzulassen, warf Virginia ein:

– Die Kinder in der Schule lernen, dass die Zedern des Libanons als Baumaterial für Salomons Tempel dienten.

– Damit sind wir in der Gegenwart angekommen, lachte Juan.

Sie hoben die Gläser mit dem Reiswein, nickten leicht mit dem Kopf und tranken. Das Gericht wurde aufgetragen und die Beschäftigung mit dem Essen überschattete alle Gedanken an geschichtliche Beiläufigkeiten. Die indische Reistafel, schmeckte, den Vorstellungen von indischen Reistafeln entsprechend. Dann, im Laufe des Gesprächs, dass in gewöhnlichen Wendungen verlief und bisweilen stockte, schlug Juan vor, am Sonntag nach Byblos zu fahren.

– Haben Sie Lust, mitzukommen?

– Sonntags nach Byblos? Das heißt ins Gedränge kommen. Alle Touristen fahren sonntags nach Byblos …, wenn schon, dann nach Saîda, wo wir in einem Restaurant am Wasser, am Weg auf die Wasserburg essen können.

– Der Geschichte, der Festung nahe, räusperte sich Juan.

Virginia, leicht verletzt durch das ironische Geräusch, betonte, dass es ihr nie zu viel werde, aus der Geschichte der Völker, wie auch aus der Vergangenheit der einzelnen, mehr zu erfahren. Sei es durch Bücher, sei es durch Umgang mit andren Menschen.

– Wann lösen Sie das Rätsel, das Sie umgibt oder mit dem sie sich umgeben, fragte Virginia.

Das war eine Herausforderung, ein Erkennen des Versteckspiels:

– Oder spielte er gar nicht?

Juan lächelte, ein Verlegenheitslächeln, um seine Gedanken zu ordnen, aber da kam schon die Stimme Virginias:

– Ich kenne sie seit Wochen, und, ich glaube sagen zu können, wir sind uns näher gekommen. Ich will nicht sagen, dass wir Freunde geworden sind, aber doch auf dem Wege dorthin. Ihr männlicher Charme, entschuldigen Sie bitte diese Lobhudelei, Ihre Redegewandtheit, die Klugheit, die daraus spricht, das

44

unmittelbare Erfassen von Zusammenhängen, täuschen nicht darüber hinweg, dass Sie, sagen wir mal, irgendwie ein Komödiant sind!

Wieder das Lächeln, dass Virginia kaum noch ertrug, weil sie nur Überheblichkeit darin erblickte, keine Verlegenheit.

– Welcher Mensch weiß, wann er am meisten er selbst ist? Zählten Taten? Also, wenn er handelt?

– Zählt sein Denken? Wenn er träumt oder fantasiert, Probleme verbal wälzt? Wer kennt sich selbst? Kennen Sie sich? Kein Mensch legt sein Inneres dar, ohne einen Grund dafür zu haben. Wenn ich einem Geschäftsmann vorgestellt werde, denke ich nicht daran, ihn wegen der vorstehenden Nase zu kritisieren, sondern versuche, selbst durch Komplimente, ihm Vorteile einzureden!

– Opportunist!

– Wer ist das nicht? In mehr oder weniger großem Maße? Das Handeln eines jeden wird immer durch das Handeln des andren mitbestimmt. Dies Wandeln oder Geschobenwerden von Begegnung zu Begegnung macht den Menschen reifer, bietet ihm die Möglichkeit, mehr von sich selbst zu entdecken, neue Seiten freizulegen, die bislang keiner angesprochen hat. So allmählich wächst der Mensch, wächst und fällt. Mal so, Mal so. Wie soll ich mich selbst kennen, wenn ich ständig in Veränderung lebe?

– Rutschbahn, äußerte Virginia.

– … oder Himmelsleiter, wenn man den Himmel als etwas Hohes, Erreichbares ansieht. Wir glauben ja immer noch, dass im Himmel …

– … die Engel wohnen! Warum nicht? Und Gott-Vater mit dem weißen Bart dort thront!

– Der Glaube an den Himmel bringt manchem mehr ein, als ein Gang ins Kino.

– Wir schweifen ab. Wollen wir!

– Dann allerdings die Frage, auf die ich keine Antwort von Ihnen erwarte, und ich entschuldige mich im Voraus, sie gestellt zu haben: Warum spielen Sie die Unnahbare, die Unantastbare? Sie selbst sagten mir, dass sie Bewerber an der Hand haben, ernsthafte, die sie heiraten wollen. Sind sie unglücklich verliebt oder, das vermutlich am wenigsten, frigid?

– Männer sind unverbesserlich. Haben Sie nichts andres im Kopf als den Beischlaf, wenn sie mit einem Weibchen am Tisch sitzen?

– Das ist nicht das Thema. Sie glauben am meisten Sie-selbst zu sein, wenn sie lesen, sich unterhalten, essen und trinken? Oder wann?

Schweigen. Juan fuhr fort:

– Ich wünsche mir, wenn ich allein mit meinen Gedanken bin, mit meinen Träumen bei mir selbst bin, auf Griechenlands Feldern Hirte zu sein oder, wenn's sein muss, Millionär in New York. Leider decken sich Wünsche nicht mit dem, was ich tue. Das alte Leiden der Menschheit! Kaum einer ist erfüllt von dem Leben, das er lebt. Auf dem Basar spüre ich, dass ich im inneren Einklang mit mir selbst lebe, wenn ich durch das Chaos schreite.

Ich vermute, dass das äußere Chaos meinem inneren Chaos entspricht, so also deckungsgleich ist. Aber kann ich ständig, um in Einklang mit mir und der Umwelt zu leben, mich auf dem Basar herumtreiben? Sie sehen, wie verwirrt ich bin, eine Folge ihrer Gegenwart.

Schweigen. Sie holte die Zigarette aus der Schachtel, Juan hielt ihr das brennende Streichholz bereit. Sie sahen sich in die Augen.

– Lassen Sie uns den Kaffee in meiner Wohnung nehmen, schlug Juan vor.

Sie akzeptierte, was Juan in maßloses Staunen versetzt.

– Sollte sie…? Will sie…? Mit welcher Absicht mag der Aufbruch in seine Wohnung verbunden sein? Der Kaffee schmeckt in dieser Umgebung ebenso gut.

Sie brachen auf, nachdem das Geschäftliche mit dem Ober erledigt war. Ungerührt war Virginia, als das Taxi in die Straße einbog, in der ihr Malerfreund wohnte. Herzklopfen befiel sie, als es vor dem Kommissariat hielt, in dem Polizisten herumlungerten und jede Veränderung auf der Straße wahrnahmen.

– Wird mich einer von ihnen erkennen, schoss es ihr durch den Kopf, und wenn schon? Ich habe nichts zu verbergen.

46

Sie überschritten die Straße. Im Hausflur traten sie vor den Fahrstuhl, der sie in das vierte Stockwerk brachte. Virginia nahm alle Kräfte zusammen, um nicht in einen Schrei auszubrechen, der die Spannung in ihr lösen konnte. Sie beherrschte sich. Mit Pedro Juan Juan trat sie über die Schwelle. Wie konnte Juan ahnen, dass hier der Malerfreund Elmar seine Wohn- und Arbeitsstätte gehabt hatte? Virginia kannte den Ort wie ihre eigene Wohnung. Doch stellte sie mit flüchtigen Blick fest, dass die Zimmerwände gestrichen, die Wohnung mit Möbeln eingerichtet war, die Elmar verabscheute: Plüschsessel, Louis-Imitationen. Virginia fiel ein: Louis-Seize-Schreibtisch, protzig und unpraktisch, eine Bücherwand, die sie noch in ihrem Urteil durchgehen ließ und Teppiche am Boden, kitschige Bilder an den Wänden. Am liebsten hätte sie die Hände über dem Kopf zusammengeschlagen über soviel Geschmacklosigkeit, die sie Juan am wenigsten zugetraut hätte. Aber er schien die Welt zu akzeptieren, denn er wies mit ausladender Geste auf all den Schund mit der Bemerkung:

– Gemietet, alles im Preis inbegriffen.

– Der Vermieter wird den Mietzins verfünffacht, wenn nicht zehnmal so hoch angesetzt haben! Was soll's, dachte Virginia, sie musste hier nicht wohnen und nicht bezahlen, Plüsch und Kitsch, lag ihr auf der Zunge.

Sie sagte nichts, weil sie einfach nicht fassen konnte, dass ein Mann wie Juan in solcher Umgebung leben konnte, wenn auch nur vorübergehend. Bevor sie den Mund aufmacht, holte sie tief Luft, um keine Beleidigungen auszusprechen.

Die Frage:

– Gefällt es Ihnen, blieb aus.

Zu ihrem Glück, denn ihre Antwort hätte unverzüglich zum Bruch der Beziehung geführt. Als sie jedoch ins Schlafzimmer traten, konnte Virginia sich nicht mehr zurückhalten. Sie schrie fast vor Entsetzen über die grässlichen Farben an der Wand: milchiges Lila, mit stechendem Karminrot, die Decke giftgrün. Sie musste Luft holen und brachte nur noch …:

– Entsetzlich! … heraus.

47

Juan kannte die Gewohnheit der Leute, die unaufgefordert ihre Meinung sagen, deshalb ging er über das Entsetzlich hinweg. Er wies auf die Terrasse und zog sich für Augenblick in die Küche zurück, um den Kaffee vorzubereiten.

Er rief:

– Ich bin leidenschaftlicher Koch!

Später, als er bediente:

– Mein Leben lang möchte ich Kellner sein. Ich glaube, das bin ich wirklich: Diener einer Dame!

Sie konnte das mitleidige Lachen nicht verbergen.

– Lächerlicher Casanova, fügte sie in Gedanken hinzu.

Der Fahrstuhl surrte, ein Geräusch, dass Virginia zu oft im Ohr hatte, als sie hier mit Elmar Entwürfe durchsah. Das Geräusch störte nicht, war aber doch zu bemerken. Juan schoss durch den Kopf:

– Hoffentlich tritt Regina nicht ein. Er beruhigte sich, sie kommt nicht um diese Zeit, es sei denn, etwas Furchtbares wäre passiert.

Der Fahrstuhl hielt ein Stockwerk höher.

– Sagen Sie mal, fing Virginia, ganz Herrin und beherrscht, an, würden Sie mir einen Gefallen tun?

– Ja, sehr gerne, wenn sich dieser Gefallen auf das förmliche Sie bezieht. Ich schlage nämlich vor, wir duzen uns.

– Oh, je! Jetzt hier … allein … ich bin hilflos!

– Das wollte ich nicht sagen, aber dennoch: Juan und Du.

Verlegenheit auf beiden Seiten.

Jetzt müsste nach deutscher Sitte folgen: Das Glas heben, die Arme verschlingen, der Kuss und Händeschütteln. Da beide sich nicht von Volkseigenschaften betroffen fühlten, blieb es beim Händeschütteln. Es blieb auch ein förmliches *Du*, keines von Herz zu Herz. Sie erzählte, dass ein Bekannter sie gebeten hatte, einem einzelnen Herrn, Rechtsanwalt aus guter Familie, Deutschunterricht zu erteilen:

– Ich kann schlecht allein zu einem einzelnen Herrn gehen, verstehst du recht, lief es ihr von der Zunge, Außerdem habe ich keine Zeit, Privatunterricht zu geben.

Sie konnte unmöglich sagen: *Keine Lust.*

– Bist du bereit, drei oder vier Wochenstunden zu übernehmen? Du bist geschickt genug, als Lehrer zu fungieren.

Juan wollte ansetzen, aber Virginia fuhr beschwörend fort:

– Ich weiß, du wirst nicht ständig hierbleiben und die Sache ist vielleicht unter deiner Würde, aber bitte, ich bitte dich, mir ist sehr daran gelegen, dem Herrn einen Gefallen zu tun.

Ohne einen Widerspruch zu dulden, überreichte sie Juan die Telefonnummer des Sprachbegierigen und fügte hinzu:

– Mach die Zeit selbst aus und auch den Preis.

– Es geht mir nicht ums Geld!

– Ich weiß, Unterrichten ist nicht deine Stärke.

– Nicht so, aber die Zeit …

– Wirst du finden. Außerdem, wer sagt dir, dass durch die neue Begegnung, nicht Unverhofftes, Überwältigendes auf dich zukommt. Das Abenteuer in Reinkarnation.

– Gut, sagt Juan kleinlaut, ich akzeptiere.

Er konnte nicht wissen, in was für eine Sache er hineingeraten würde.

– Danke! Danke, wiederholte sie, ich hatte die Zusage nicht so schnell erwartet. Aber du überraschst mich immer wieder mit neuen Fähigkeiten. Ich bin sicher, du wirst ein sehr guter Lehrer sein, wie du auch ein guter Koch bist. Jedenfalls schmeckt der Kaffee ausgezeichnet.

– Kunststück! Mit der Maschine, die ich nur in Gang setzen muss.

Nachdem ihr die Last, privat unterrichten zu müssen, genommen war, schritt sie erleichtert auf die Terrasse, auf der sie Stunden mit Elmar verbracht hatte.

– Magst du das Meer?

– Was heißt mögen? Ich bade gern! Aber das Grübeln und die tiefe Sehnsucht, die die Weite des Meeres auf Leute ausübt, befällt mich nicht. Ich schaue lieber von einem Gipfel herab, als über die trostlose Unendlichkeit. Was trostlos für den einen ist, mag tröstend für den andren sein.

– Wasser hat keine Balken!

– Ich stelle fest, du bist auf Sicherheit aus! Hängst du am Leben?

– Dumme Frage. Wie kann man so ungeschickt sein, einer jungen Dame im besten Alter solche Fragen zu stellen? Ich bin in der Welt, um zu leben, zu er-leben. Ich will nicht Karriere machen. Wenn ein reicher Bonze sich mit mir einlassen will, mir Sicherheit bietet, Kinder dazu, will ich gerne eine Hausmutter sein. Für die Kinder leben. Ich bin kein Kostverächter, zumal wenn in der Beziehung ein bisschen Liebe mitspielt.

Pause.

Einer verstand den andern nicht mehr. Das Vokabular riss die Fäden, die gerade gesponnen waren.

– Bitte, Juan, begleite mich nach Hause, ich werde unruhig hier. Ich weiß nicht, ob es deine Gegenwart ist. Außerdem möchte ich, dass ich mit dir vor der Tür gesehen werde … Und du kennst meine Wohnung nicht.

Juan begriff das Anliegen nicht, willigte aber ein. In ihrer Wohnung, die kleiner war als seine eigene, konnte er die Geste nicht unterdrücken, kaum dass beide im Wohnzimmer saßen, das Bücherbord quer zur Wand zu rücken, so dass es den Raum teilte. Ein Racheakt für die *scheußlichen Farben* in seinem Schlaf- zimmer. Dann stellte er einen niedrigen Tisch, der als Ablage diente, mitten in den Raum.

Virginia war mit den Veränderungen einverstanden, dachte aber:

– Kleinkariert, sich mit solcher Handhabe zu rächen.

Sie schalt ihn einen verkappten Architekten. Was er mit der Bemerkung weit von sich wies:

– Gefühl für Form!

– *Gefühl für Form*, wiederholte Virginia und dachte konse- quent: … und dann in einer häuslichen Umgebung leben, die von Geschmacklosigkeit strotzt.

Sie hatten sich nichts mehr zu sagen. Verlegenheit breitete sich aus. Juan wagte nicht zu äußern, dass Virginia ihn nach Hause begleiten möge. Dies fruchtlose Begleiten wäre Zeitver- lust gemessen an den Möglichkeiten, die hier in der Zweisamkeit geboten waren. Keiner sprach aus, was er wollte und dachte.

Juan ging und Virginia blieb allein.

– Armer Trottel, der ich bin! Wartet Virginia darauf, dass ich sie heirate? So sehr ich ihre Gegenwart schätze, so unmöglich scheint mir, sie zu umarmen.

Warum eigentlich? Die Beziehungen von Mensch zu Mensch sind wirklich die schwierigsten, die es auf der Welt gibt. Juan hatte nicht das Verlangen nach körperlicher Berührung. Irgendeine Trennwand lag zwischen Ihnen.

VIII

Pedro Juan Juan erteilte dem Rechtsanwalt Doktor Adnan die Deutschstunden abends in seinem Büro, das im ersten Stock eines Handelshauses in der Hafengegend lag. Solange Geschäftigkeit in den Fluren und Gängen der Häuser und auf der Straße herrschte, ging Juan hier ohne Bedenken ein und aus. An Tagen, an denen die Unterrichtsstunden sich hinzogen, wenn er allein zwischen den Häuserwänden stand, befiel ihn ein Frösteln, ein Unbehagen. Er fühlte sich bedroht, grundlos oder ahnte er einen Anschlag?

Der von Gericht und Klienten beanspruchte Mann wollte seine Tagesarbeit nicht unterbrechen, so dass Juan, selbst Persönlichkeit genug, um Änderung anzuordnen, sich den Wünschen des geplagten Mannes aus Höflichkeit beugte. Wenn er ins Haus trat, sah er die Schuhhändler einpacken, was sie tagsüber an den Wänden ausgebreitet und unermüdlich gepriesen hatten. Sie waren jedoch bereit, alle Kisten und Kartons zu öffnen, wenn ein Kunde die Miene machte, nach Feierabend zu kaufen. Die Zeit, Schuhe zu kaufen, war nicht abends. Auf dem langen Gang, der zur Treppe führte, lagen zu beiden Seiten Schneiderwerkstätten. Die Türen waren zur Stunde geöffnet. Juan warf einen Blick auf die fleißig arbeitenden Näher, die, als er sie bat, einen abgerissenen Knopf anzunähen, die Bezahlung nach getaner Arbeit weit von sich wiesen. Wer ein Freund des Advokaten sei, bezahle für diese Freundlichkeit nicht. Juan begriff, das ohne ein Wort gesprochen zu haben, die Jungen Bescheid wussten, wohin er ging, wahrscheinlich auch zu welchem Zweck. Das verborgene Wissen, dass Erkanntsein, ohne es zu ahnen, war ihm unheimlich: Ein Gefühl, das ihn überfiel, wenn er nach dem Unterricht den Gang allein entlangschritt.

Der Meister des Rechts, heute Abend abgespannter als an andren Tagen, er hatte eine schwere Sache durchgepaukt, überreichte Juan, nochmals Entschuldigungen wegen seiner Fahrigkeit stammelnd:

– Das nächste Mal wird es besser!

… ein Päckchen, das er zunächst für einen Karton Pralinen hielt, dann aber als ein lose verschnürtes Bündel von Papierbögen erkannte.

Juan mag das Geschenk – was mochte es darstellen – verlegen in der Hand gehalten haben. Um die Aufmerksamkeit von der Unterrichtsstunde, in der er sich zerstreut gezeigt hatte, ja, er hatte sich gehen lassen, abzulenken, brachte er die Rede auf die Reinmachefrau, die dieses Päckchen hinter dem Heizkörper gefunden hatte. Es handelte sich um Blätter, die, offenbar für das Feuer bestimmt, mit deutschen Texten beschrieben waren. Da er aber in der Sprache nicht genug bewandert sei, er entschuldigte sich nochmals wegen der vergangenen Stunde, würde Juan sicher ein Vergnügen daran finden, diese Notizen zu lesen.

– Pardon: Advokaten sind von Natur aus wissenshungrig, um nicht *neugierig* zu sagen. Nichts liegt ihnen näher, als die eigenen Eigenschaften, denen man gerne frönt, auch andren zuzulegen.

Die Höflichkeit verbat, sie den Flammen auszusetzen oder das Päckchen ins Meer zu schleudern, obwohl sich Gelegenheit dazu bot. Sein Schüler, der der gut bestallte Ehrenmann nun einmal war, würde ihn sicherlich danach fragen.

Die Straße war ausgestorben, nur in der Rue George Picot rasten die Taxen frei von allen Hemmnissen, die sich ihnen am Tage entgegenstellten, in Richtung Hamra oder Menara. Voll besetzt. Sie schaffen die Kinobesucher der ersten beendeten Abendvorstellung nach Hause. Juan hatte den Eindruck, dass sie vom Herzen der Stadt in sichere Wohnbezirke flüchten. Ausgestorbene Straßen. Juan hatte keine Lust, nach Hause zu gehen. Er wollte Bier trinken, aber wo? Er schlenderte, das Päckchen in der Hand, in Richtung *Platz der Freiheit*.

– In die Höhle des Löwen, dachte er.

Hier ist noch am meisten Betrieb, ja, der Nachtbetrieb hatte noch gar nicht angefangen. Das Päckchen hinderte ihn daran, frei zu handeln und zu denken. Er fühlte sich belastet, obwohl

54

doch das ganze Bündel keine 500 Gramm wog. Leuchtreklamen und rote Lichter lenkten die Aufmerksamkeit auf die Fußgänger, die um den Platz strichen.

In der *Black Pearl* fand er das, wonach ihm zumute war: Das Bier, das eisgekühlte Bier. Dazu ein flotter Charleston, der ihn beinahe zum Tanzen hinriss.

– Wohin bin ich geraten, fragte sich Juan, sich seiner Würde bewusst werdend.

Er erinnerte sich an die Situation in Bagdad, alle Blicke waren auf ihn gerichtet, als er eine Bar betrat. Hier in Beirut war jeder gewohnt, Leute aus allen Kontinenten der Welt zu sehen. Juan blieb ohne Beachtung, nur der aufmerksame Kellner bot ihm einen Platz an, nachdem er einige Minuten im Raum herumgeschaut hatte. Ohne Zwischenfall Bier zu trinken ist die natürlichste Sache der Welt. Er verließ die Bar, indem er sich vornahm, dorthin zurückzukehren, weil die Atmosphäre ihm behagte.

Als er auf die Straße trat, sprach ihn ein Mann an, der von Arbeitslosigkeit und Hunger, der Not der Familie in schlechtem Englisch zu erzählen anfing, so dass seine südafrikanische Herkunft als Farbiger glaubhaft erschien. Er brach das Gespräch aber plötzlich ab und verschwand, als der Kellner erschien, der ein Päckchen brachte, dass Juan auf dem Platz vergessen hatte und äußerte, dass es sich bei diesen Papieren sicherlich um wichtigere Dinge handele, als um die geheuchelten Sprüche des Südafrikaners.

– Aber natürlich, sagte Juan und dankte.

IX

Bevor Samir die Stube, die in einer versteckten Gasse zu ebener Erde lag und mit Bildern aus Fotomagazinen und mit Plakatresten tapeziert war, ganz betreten hatte, rief eine herbe Stimme, er solle warten. Der Mann, der leise hinter dem Vorhang arbeitete, der die Stöhn- und Schmerzenslaute eines Betroffenen verursachte, wusste, wie er mit seinen Klienten umzugehen hatte. Wer sich tätowieren lassen will, muss Geduld mitbringen.

Samir setzte sich auf ein abgeschabtes, verrammeltes Sofa. Vor ihm ein Karton mit Blättern, die die Vorlagen einer Tätowierung zeigten. Die beklemmende Stille des Raumes, trotz der offenen Tür, lähmte seine Muskelkraft, erdrückte alle Gedanken. Er war unfähig, in den Karton zu langen, wie ihm befohlen war, um sich das Bild seiner Wünsche auszusuchen. So viel bemerkte er, dass die Zahlen unter den Bildern Preise waren. Je reicher die Formen und vielfältiger die Farben, desto teurer die Arbeit. Die Frau mit drallem Busen im farbigen Bikini kostete mehr als das mit Lorbeerlaub umkränzte Herz.

– Das war klar!

Als der junge Mann, der noch dabei war, sein Oberhemd über den Körper zu ziehen, um es in die Hose zu stecken, hervortrat, zog Samir die Jacke aus, krempelte den rechten Arm seines Hemdes auf und verschwand hinter dem Vorhang. Dort drückte er die Piaster heraus, zögerte dann, sein ganzes Vermögen auf den Tisch zu legen und wies kurz entschlossen auf das billigste Muster: das Herz mit Lorbeerkranz. Akzeptiert! Mannhaft ertrug er die Stiche im Arm. Doch während er geduldig die Tinte empfing, die nun unauslöschlich Teil seines Körpers sein wird, kam ihm der Gedanke, ob er nicht doch lieber die Frau im Bikini auf dem Arm tragen sollte. Er dachte an die Freunde, denen er das Bild, für ihn Zeichen der Männlichkeit, zeigen wollte. In dem Gefühl, sich einen heimlichen Wunsch erfüllt zu haben, trat er ins Tageslicht, um nochmals die offene Fleischwunde zu begutachten.

– Alles klar!

Er war zufrieden mit der Arbeit des Alten, der ihn ins Fleisch gestochen hatte. Der Gedanke, die Jacke zu Geld zu machen, kam ihm, als er die Händler hörte, die Anzüge und Teile davon zum Verkauf ausriefen.

– Ich lass' mir wieder eine Jacke schenken, wenn ich mit einem Ausländer gehe, dachte er.

Der Erlös, den die Jacke brachte, war gering, denn er gab sie ohne lange zu handeln dem ersten Besten zum gebotenen Preis. Da er wusste, wo er seine Kumpane treffen würde, begab er sich zu den Spielautomaten. Dort zeigte er stolz die Neuerwerbung. Die Freunde lachten, als sie das Herz sahen:

– Was? Keine Frau? Keine nackte Schönheit?

– Feine Sache! Wo sind die Weiber?

Da sie sich einig waren, dem lächerlichen Herzen keinen Weltuntergang zuzuschreiben, schlug einer vor, den Tag gebührend zu feiern.

– Wir werden knacken!

Heute Abend, so viel stand fest. Zumal die Gelegenheit auf sie zukam. Ein Ausländer, als *Ami* wertgeschätzt, offenbar ein Neuling in diesen Gassen, die mehr als nur Unterhaltung zu bieten hatten, warf zögernd einen Blick in die Hausflure der Pensionen, sichtlich im Zweifel, ob er sich dem wüsten Treiben, dass er hinter den Fassaden vermutete, hingeben oder sein Verlangen zähmen sollte. Samir schritt auf ihn zu:

– Hello boy!

Dann, eh der Mann begriff, wem die Ansprache galt, streckte er die flache Hand mit dem aufrechten Mittelfinger aus und sagte schlicht:

– Fucki, fucki!

Zwei Wörter der Ganovensprache, die Juan fremd waren, die aber durch das Zeichen der Hand verständlich wurden. Sollte er die knackigen Konsonanten und die putzigen U-I-Laute als Aufforderung hinnehmen, seine unausgegorenen Wünsche, die er durch sein Hiersein offensichtlich zu erkennen gab, preiszugeben?

– Nein!

Abgestoßen und angewidert von der gewöhnlichen Aufdringlichkeit eines Zuhälters, drehte er sich um und verließ die Straße, die Stätte des Abscheus. Ganz im Sinne Samirs. Denn er setzte zur unauffälligen Verfolgung an, um herauszubekommen, wo der Unbekannte wohnt. Nichts war leichter als das, denn der feine Herr im Flanellanzug, wahrscheinlich um seine Aufregung abzureagieren, nahm den Heimweg als Entspannung, wenn nicht als Entwarnung von einer Gefahr, die ihn bedrohte.

– Ich werde mich nie wieder dort sehen lassen, dachte Juan, dem nach der Deutschstunde die Unruhe überfiel, den leichtsinnigen Schritt in das Viertel der roten Lampen gewagt zu haben.

– Nein! Nein! Nie wieder, dachte er.

Samir und Nassir konnten sich ein zustimmendes Lächeln nicht verkneifen, als sie den Herrn in das Haus dem Kommissariat gegenüber eintreten sahen.

– Sollte er Nachfolger sein?

Als sie im vierten Stockwerk nach kurzer Zeit das Licht aufleuchten sahen, wussten Sie, wo und wem die Stunde geschlagen hatte. Die Sache war klar, Samir wird gleich an der Tür sein, während Nassir unten beobachtet, ob das Licht ein- und ausgeschaltet wird. Das Zeichen für ihn, heraufzukommen.

Samir klingelte. Juan öffnete die Tür, erstaunt darüber, dass um diese Zeit noch Besuch kommt, und war sprachlos, einen fremden Mann zu sehen, der Hilfe suchend seine Armut darlegte, von Not und Familie sprach und um eine Gabe bat. Juan war bereit, wo es nötig war, zu spenden. Er gab dem Bittenden, der die Hand ausstreckt, eine Kupfermünze und schloss die Tür. Samir hatte nicht die Gelegenheit, den Fuß dazwischen zu klemmen. Der Fremde war schneller, als er dachte.

Auf der Straße lachte Nassir über die Münze und über das Missgeschick, fand sich aber damit ab, weil er wusste, dass Samir ein gerissener Hund war, wenn er knacken geht. Diesmal sollte es nicht sein. Das nächste Mal wird das Opfer zur Strecke gebracht. Er wird die Polizei rufen, wenn er sich bedroht fühlt, und genau das tun, was uns recht ist. Wir werden vor dem Polizeikommissär aussagen, dass der Mann sich uns unsittlich genähert habe. Und die Sache ist gelaufen. Wir werden in den Knast kommen und er muss zahlen.

X

Pedro Juan Juan, der das Suchen nach Antiquitäten vernachlässigte, nahm alle Bequemlichkeiten eines Korbsessels, der auf der Terrasse stand, in Anspruch. Er rückt ihn in den Schatten, um von der Sonne unbelästigt, der Sache mit den Papieren oder was immer er vor sich hatte, auf den Grund zu gehen. Das Lösen der Knoten der Bänder, die die Blätter zusammenhielten, entbehrte nicht der Feierlichkeit, die mit Hast und Unruhe gemischt war und auf Neugierde schließen ließ. Juan erinnerte sich der feierlichen Handlung, als er Stelen, die er aus den Gräbern in der Nähe von Hebron ans Tageslicht brachte, vom Schmutz säuberte. Auch hier überwog die Neugierde der Hast. Die Blätter waren geglättet, an Rändern geknickt, gut lesbar: Maschinenschrift.

– Wenn ich Handschriften …, er unterbracht den Gedanken, *wenn* gab es nicht! Der Text war mit der Maschine geschrieben, … soll ich Herrn Doktor Adnan sagen, dass ich, falls er die Sprache darauf bringt, die Papiere verloren habe? Soll ich mich entschuldigen, dass ich wegen Überlastung keinen Unterricht mehr erteilen kann, um lästigen Fragen auszuweichen? Unsinn!

Zweifel über sein Tun! Zweifel, die, eines Jungen würdig, bei einer Persönlichkeit wie ihm lächerlich waren. Die Finger griffen einen Bogen, als spürten sie die unmittelbare Berührung mit etwas Lebendigem. Er strich mit dem Handrücken gedankenlos über das Papier. Und las:

Ich bin eine Marionette! Ich bin nicht fähig, meinen Willen auszuführen, nach eigenem Willen zu handeln. Ich denke: Schreibe nicht, doch schreibe ich. Lese nicht, doch lese ich. Ich sage: Vergiss, aber die Erinnerung bleibt wach. Tue das nicht und ich ziele. Mein Wille ist der Wille eines andren – wessen? Das Nicht-Wollen ist in meinem Willen eingeschlossen. Während ich mir vornehme, in die Caravelle zu gehen, um Bier zu trinken, schreite ich an der Tür vorbei und lenke meine Schritte dem Bordellviertel zu. Die roten Laternen! Eine rote Laterne: Annie! Die

Huren verlangen entschieden zu viel Geld. Annie nicht, sie gibt vor, mich zu lieben, mit mir eine Ausnahme zu machen. Immer das gleiche Lied! Immer das alte Leiden! In einer Weltstadt sollte das Lusthaus 24 Stunden in Betrieb sein. Warum mache ich mir Gedanken über die Öffnungszeiten eines Bordells in der Großstadt. Ich stelle fest: Die gewerbsmäßige Unzucht, wie das Hingeben von Menschenleibern genannt wird, ist in andren Städten besser organisiert. Die Damen arbeiten zur Fütterung der Raubtiere im Schichtwechsel. Ohnmächtig, da half kein Gesang, kein Gebet, keine Kasteiung, lieferte ich mich der Macht aus, die am Eingang des Lustviertels die drängenden Männer kontrollierte. Voller Gier wartete ich in der Schlange der Männer, die, bevor sie eingelassen werden, von den Polizisten am Körper abgetastet wurden: Leibesvisitation. Suche nach Waffen, nach Mordinstrumenten! Als der harte, strenge Blick des Polizisten, der kein Wohlwollen zeigte, mich traf, hob ich die Arme wie alle Besucher, zum Zeichen des Ergebens. Als seine Hände an meinem Körper entlangglitten, konnte ich die Verklemmung in der Hose nicht mehr verhindern. Was war mit mir? Verlor ich den Verstand? Vermutete der Polizist in mir den Mörder, der fähig ist, einen Rivalen oder ein hilfloses Weib abzustechen? Den Glorienschein verdiente ich nicht. Tiger im Käfig! Männer schlichen oder schritten die offenen Türen an der Straße auf und ab. Blieben stehen, musterten, erlagen den lockenden Stimmen der Frauen, die die Hemmung niederriss. Sie traten in den Flur ein. Während andre den Lockruf mit zynischen Bemerkungen beantworteten. Mancher verbarg zitternd vor Lust seine Stimme. Sie hätte das ungestüme Verlangen, die Frau zu besitzen, nur preisgegeben. Sind die Frauen dem Willen der Männer auf Gedeih und Verderb ausgeliefert, sobald sie kassiert haben? Oder verwandeln sich die streunenden Bestien in schwache Lämmer, wenn sie im Bett liegen? Spiel der Kräfte der Natur. Wann ist die Natur am natürlichsten? Musik, gedämpft wie das Licht, dass aus dem Innern drang, Gerüche, aus einem Gemisch von Schweiß und Lavendel, die aus dem Barbierladen quollen. Örtlichkeiten, in denen nicht nur gequacksalbert, sondern auch Scham- und Körperhaare rasiert werden. Eine Welt in der Welt! Wo ist meine Welt? ... nicht von dieser Welt!«

Pause.

Juan spürte das Blut aufsteigen. Ihm wollten die Adern platzen, so erregt war er von der Lektüre. Er schaute auf, um sich zu vergewissern, dass die Welt, die ihn um gab, noch heil war. Sie war es, im Sinne Juans.

– Warum zerreiße ich die Papiere nicht? Ich will meine heile Welt nicht durch schmutzige Gedanken in Mitleidenschaft ziehen. Wie kann ein Mann durch den Blick eines Polizisten sinnlich gereizt werden? Widernatürliche Regungen! Fantastereien, die einer Welt der Fantasie entsprechen, der ich nicht erliegen werde. Daher, wegen seiner Beherrschtheit, konnte er sich leisten, weiterzulesen:

Meine Mutter, ach die arme Mutter, hat den Glauben an meine bürgerliche Existenz nicht aufgegeben. Versucht, mir ein sicheres Handwerk einzureden: Lass die Spielereien mit der brotlosen Kunst, musste ich täglich erleben. Was kannst du als Maler verdienen? Nicht so viel, dass du dich ernähren kannst, geschweige denn eine Familie. Mach, was du willst, sagte sie an Tagen, an denen ich keine Konzessionen machte, ohne die Hoffnung aufzugeben, mir dennoch Halt zu bieten. Arme Mutter! Wissen Mütter, was ihren Söhnen angemessen ist? Sie wollte das Beste! Wer will das Schlechte? *Wer weiß, was das Beste und das Schlechte ist, im Hinblick auf einen Endpunkt, den keiner kennt. Da ist die katholische Kirche, der Papst besser dran: Ihm geht es bei der Vermittlung des Seelenheils nicht darum, nach Unrecht zu schauen, sondern darum, eine Seele zu gewinnen … So sind alle Taten der Kirche entschuldbar. Ich habe nicht die Kraft, mein Leben zu ändern. Ich bleibe, wie und was ich bin. Ich bin das, was die Franzosen* Petit natur *nennen. Wenn ich Champagner angeboten bekomme, ziehe ich es vor, aus welchen Gründen auch immer, Mineralwasser zu trinken. Und anstatt beim Essen ordentlich reinzuhauen, nasche ich kleinste Brocken und verderbe meinen Freunden, die wirklich gute Esser sind, die Freude an deftigen Speisen. Witzen gegenüber, die mit Anspielungen auf Zweideutigkeiten gewürzt sind, verschließe ich am liebsten die Ohren. Um den Mindestgrad an Höflichkeit zu bewahren, lächle ich, selbst dann, wenn ich nichts verstanden habe. Dieses Lächeln, dass von einigen Freunden als verstehendes, weises Lächeln, von andren als pure Dummheit ausgelegt wird, beherrscht oft die Tischrunde, so dass die am Tisch Sitzenden zum Teil irritiert sind, weil sie nicht wissen, wie sie das Lächeln auslegen sollen. Lächeln statt eines spontanen lauten Lachens. In all meinem Betragen wahre ich Distanz, Beherrschtheit, bin ich Gefangener meiner engen Grenzen. Mal so richtig auf die Pauke hauen, einen draufmachen, über die*

Stränge schlagen, liegt mir nicht. Ich bin halt die vornehme Dame aus der Zeit der Victoria. Die Halbheit, dies Nicht-ans-Ende-Gehen, dies Nicht-Ausholen der letzten Wortinhalte, macht das Leben in Beirut so gleichmäßig flach. Wenn schon mein künstlerisches Schaffen von Halbherzigkeit gezeichnet ist, dann bleiben für die Dekoration im Café wegen der Abstriche finanzieller Art nur noch Reste. – Das geht nicht, das ist zu teuer, hier müssten wir sparen … Mein Entwurf wurde massakriert. Warum müssen Ideen von materiellen Gesichtspunkten gekillt werden? Oder sind finanzielle Einschränkungen nur ein Vorwand für künstlerische Unfähigkeiten? Ich bin im Land, wo Milch und Honig fließen, wo Autos hupen und Motoren die Luft mit Abgasen und Geräuschen verpesten. Soll ich fliehen auf eine einsame Insel? Allein meinem Dasein frönen? Dumme Frage! Wer kann schon allein leben? Nicht einmal Mönche und Nonnen, sie heiraten Gott oder nächtliche Besucher! Wenn's heimlich bleibt! Worte beißen mich, zerfressen mich. Ich bin Ihnen ausgeliefert wie der Körper den Piranhas, sobald sie eine Wunde entdeckt haben. Verletzt! Von Rufmördern umgeben sein! Was hat der junge Mann im Bordell zu tun? Der Fingerzeig auf mein Privatleben, dass das Urteil einschließt: Das Leben nicht meistern können. Ich glaube, wenn mich der Zuhälter angesprochen hätte, wäre ich ihm an die Gurgel gesprungen, jetzt ist gut reden! Die Vorstellung, einen Menschen zu würgen, war im Augenblick Teil meines Denkens, das sich nicht im Entferntesten mit den Taten deckt. Ist Wünschen bereits die Tat? Wie so oft: Erscheinungsbilder trügen. Wann bin ich der Wirklichkeit, der Wahrheit auf der Spur? Am nächsten? Was würde die Kardinälin antworten? Wirklichkeit! Wirklichkeit! Der Unteroffizier fand das Haar im Kamm. Ich nicht. Er trimmte mich, bis auch ich das Haar im Kamm sah. Drei Monate lang brachte der Mann es fertig, das Haar sichtbar zu machen. Ich hatte das Haar zu sehen! Verdammt noch mal! Weil ich keine festen Begriffe habe, suche ich sie. Oder soll ich alle Wirklichkeit in Gottes Hand legen, mich des orientalischen Gleichmutes bemächtigen? Die Hure, polizeilich genehmigt und ärztlich empfohlen, verkauft ihre körperlichen Dienste. Das billigt keine schlechte Moralauffassung. Ihr Anbieten ist des Teufels und gut ist, wenn sie ihre Dienste nicht verkauft, jedenfalls nicht stundenweise. Was soll sie machen, wenn sie keine Arbeit findet? Stricken! Oder darben? Den gängigen Spielregeln des Zusammenlebens.

Die Seite war zu Ende.

– Lohnt es sich, über das Geschriebene nachzudenken? fragte sich Juan, Zu wirr, zu wenig ausgereift. Bestenfalls Ansätze zum Nachdenken. Probleme, mit denen ich nichts zu tun haben will. Hinausschieben. Nicht entscheiden. Soviel ist sicher, wir haben für alle Handlungen eine Erklärung, eine Erklärung zu unserem Vorteil. Ob am Ende Rechnungen beglichen werden? Das nächste Blatt:

Ich will keine Einsamkeit, ich brauche äußerlich sinnliche Reize. Sie fördern mein künstlerisches Schaffen. Dadurch gewinne ich Einsichten und Erkenntnisse. Erleuchtung in der Wüste? Nein: Hier im Straßenlärm, zwischen den Worten der Neider und Hasser. Dass ich Sünder bin, sagt mir jeder Pfaffe, wenn ich mich ihm anvertrauen würde. Wer ist nicht Sünder? Ich bin kein Sünder! Schreie ich mir ins Ohr! Ich glaube nicht an die Erbsünde der Christen! Die alles Lebendige vom Negativstandpunkt aus bewertet! Mein Wissen wächst nicht über die Erkenntnis hinaus, dass ich belastet bin – einerseits – und nicht belastet bin – andrerseits. Ich verirre mich in Gassen und renne offene Türen ein. Bin ich der Wahrheit näher, wenn ich meine Sinne befriedigt habe? Bringen Sinne mich dem Ursprung näher?«

– Das sind Fragen, die sich aus Klischeevorstellungen ergeben, legte Juan den Text aus, allgemeines Blablabli. Mit philosophischem Getue.

Ich habe die Samen nicht genutzt, um sie im Leib des Weibes fruchtbar zu machen. Ich bin ohne Nachkommen, weil ich die Schönheit liebe. Schönheit lieben ist immer mystisch! Ohne Leibesnachwuchs stehe ich allein auf dem Planeten. Das Gefühl, abgeschnitten, allein zu sein, verflüchtigt sich. Die Freude am Erwachen verfliegt mit dem Blick in den Himmel: graue Wolken, graue Stimmung. Was ist los hier in diesen Breiten? Warum bin ich abhängig vom Wetter? Ich muss meinen Platz im Hause finden, einen Platz, der nur mir gehört, der nur ich bin. Ohne Zwiegespräch, es sei denn, Zwiegespräch mit den Geistern. Muss ich immer im Zustand von Zweifeln und Rechtfertigungen leben? Ich bin, was ich bin. Ich weiß, was ich bin: nichts. Daher kann ein Fallen oder Steigen nicht möglich sein. Wie kann ein Nichts etwas sein, das sich bewegt? Das sich betroffen fühlen muss? Zerrissen zwischen hier und dort. Bin ich der Verlust der Mitte? Weit gefehlt; wie kann eine Leere, ein Nichts, eine Mitte haben? Nichts als Endpunkt des Denkens? Ich bewege mich fort in einem Raum ohne Gren-

zen, hell- und stahlblau der Boden, spiegelglatt, darauf Stellwände im selben kalten Stahlblau, das von irgendeiner Quelle Licht aufnimmt. Die Wände drücken nicht, aber ich muss sie, wenn ich an den Abgrund gelangen wollte, beiseite schieben. Was mir auch ohne Mühe gelingt. Aber das Bild, in einer eiskalten, künstlichen Gegend zu stehen, bleibt immer in der Erinnerung. Isoliertechnik? Kein Mensch auf der Fläche oder im Raum.

Juan schenkte sich Zitronensaft ein:

– Ich bin gespannt, wer du bist! und hob ein Blatt vom Boden auf, ließ es fallen, weil es handgeschrieben war, griff ein andres, dass ohne Mühe zu lesen war.

A trifft B. Der eine hat für den andren Sympathien. Die zeigen sich in der Offenheit der Blicke. Die Zuneigung steht in Wechselbeziehung. B trifft C. Sie mögen sich. C Trifft A. Sie mögen sich nicht. So gehen die Beziehung von Mensch zu Mensch weiter und weiter. Jeder Tag bringt neue Zusammenstellungen. Wie weit gehen die Öffnungen, wie weit verbindet die Sprache die Menschen? Jeder, allein schon durch zeitliche Begrenzung beschränkt, gibt nur einen Teil seiner Persönlichkeit. Einen geringen Teil, das ist normal. Erst durch längeres Zusammenleben entdecken wir Gemeinsamkeiten oder auch Verschiedenheiten. Dann beginnt die Auslese. So ständig in Veränderung gehen die Begegnungen weiter. Sie sind der Sinn des Lebens. Gewiss kann ich eine Beziehung herstellen, die ich nicht erklären kann, die ich aber mit Worten zu erklären suche. Sie schweifen ins Glaubhafte aus, in das, was wir Glauben nennen. Und damit ist es der Kontrolle entzogen. Ich kaufe beim Schlachter kein Brot. Ich beschreibe einem mir neu Vorgestellten nicht meine seelischen Leiden. Oder halte einem alten Bekannten, der mich mit Architektur verbindet, keine Vorträge über Haustiere. Wie sehen die Beziehung von Mensch zu Mensch aus? – Bitte, gib mir die Zeitung! oder: – Stell' bitte das TV an! Werden denn Gespräche geführt? Vielleicht ist das die höhere Ebene, von der Claude spricht? Unterhaltung, Gespräche von Mensch zu Mensch setzten keine intellektuellen Speicherungen von Wissen voraus, sondern Erlebtes, empirisch Erlebtes, um aus dem Vollen zu schöpfen. Sind Verkündigungen, Offenbarungen, Eingebungen, Erscheinungen, *eidetische Nachbilder von Gesehenem? Ich habe Visionen en masse. Wenn ich die Nachbilder als solche erkenne. Kann/muss ich so gleich göttlich sehen, wenn ich Nachbilder habe? Habe ich durch die Malerei göttliche Beziehungen hergestellt? Ist der Schöpfungsakt bereits göttlich? Welche Wortklauberei für Dinge, die au-*

66

ßerhalb unserer Erkenntnis liegen, welche Wortspielerei, welche Vergewalti-gung der Sprache, um Unerklärbares erklärbar zu machen! Eine Arbeit wächst aus der andren. Und die Arbeit ist immer in die Zeit gebettet. Wer wird in dies Bodenlose stoßen? Wenn er die Oberflächliche, die Oberfläche einer Dekoration eines Kaffeehauses vor sich hat? Wer? An einem Ort, an dem kulinarischen Genüssen gefrönt wird, wird nicht nachgedacht. Nur dort nicht? Nicht im Geringsten wird hier an göttliche Eingebung gedacht. Bei jeder Begegnung zeigt sich Gemeinsames der Partner oder Gegner. Ge-meinsames im Positiven, gemeinsames im Negativen, selbst Widersprüche vereinen. Immer ist die Wechselbeziehung da. Bei jeder Begegnung zeigt sich – ob ich mit dem Schlachter im Laden, dem Taxichauffeur, dem Präsiden-ten der Union, mit wem auch immer, zusammentreffe: ein Austausch von Meinungen oder Handlungen ist vorhanden. In diesem wechselseitigem Austausch liegt der Sinn des Lebens. Sich auf einer höheren Ebene treffen *lautet das Palaver,[5] um sich aus der Schlinge zu ziehen. Warum nicht auf der normalen Ebene bleiben? Einer Ebene, auf der Milliarden Menschen sich begegnen.«*

– Die Blätter sind es nicht wert, geschrieben, geschweige denn gelesen zu werden. Soll ich den Rest Virginia zum Lesen geben – sie wird sich amüsieren! – oder einem Weisen, der zwei-fellos über diese jugendlichen Ausschweifungen erhaben ist?

Juan vernahm das Surren des Fahrstuhls im Treppenhaus.

Er dachte:

– Das Geräusch ist störend, doch nicht lästig. Der Bauherr hätte … – in Möglichkeitsform zu denken, ist verlorene Zeit – jetzt surrt der Fahrstuhl. Die Konsequenz wäre, wenn ich mich durch das Geräusch belästigt fühle, auszuziehen. Ich werde nicht mehr lange in Beirut bleiben.

Ich kann mich nicht auf mein Gewissen verlassen, wie auf meinen Orientierungssinn. Das Gewissen dehnt sich über Gott hinaus, wenn's nutzlos, es kriecht durchs Nadelöhr, wenn's nützlich ist. Je nach Bedarf. Künstlerische Aufrichtigkeit, wer will sie messen? Jeder Künstler ist ver-bohrt in seinen Weg, ein kreativer Akt ist nicht messbar, nicht verwertbar, ver-wert-bar. Wo hört die Aufrichtigkeit auf, wo fängt sie an? Die Tatsa-che, Menschen zu töten, ist gerechtfertigt durch eine Kriegserklärung. Das Gewissen sagt: Schieß nicht, doch um deine Haut zu retten, aus Überle-bensdrang, wird geschossen. Jetzt sagt eine Stimme in mir, zum Platz der

67

Freiheit zu gehen, mich den Freiheiten aussetzend. Ich weiß, dass hier Menschen zu Mördern werden. Wenn es sein muss, wurden … geworden sind … Die Zeit spielt keine Rolle. Aber die Frage, wer bestimmt das Muss? Rivalität, Rache, Eifersucht, Neid sind Mordmotive, Rechnungen, die von einem zum andern beglichen werden, ohne nach höhere Gerechtigkeit zu schreien, wirkliches Leben, wirkendes Leben, ohne Beziehung zu Drittpersonen oder zu Gott. Die Gottlosen sind mit meiner Geldsumme zufrieden, vermute ich. Ist menschliche Gerechtigkeit Menschen recht? Wenn Künstler schaffen in Sorge um Geld? Während andre hinter dem Schreibtisch hocken und Papiere wälzen ohne Gefahr zu laufen, entmündigt zu werden … oder Geschäftsleute beim Bauern den Reibach machen, die irgendeinen Stein, für sie irgendetwas darstellen, einem Händler in die Hände spielen! Und sich mit einer kleinen Summe abfinden lassen? Leben ist schaffen! Schöpfen! Immer die Faust im Nacken. Kommst du die nächste Zeit noch durch? Das ist, was mich mürbe macht: In der Gesellschaft verkehren zu müssen, die potentielle Käufer sind, aber meinem Lebensstandard nicht entsprechen. Ich will nicht zu den Leuten gehören, doch sind wir durch Schwingungen verbunden. Durch Schwingungen! Ist Straßenbahn nur Verdichtung von Millionen Lichtjahren? Wie ich selber nur eine Verdichtung bin aus stoffliche Ansammlung? Ich bin das denkende Wesen … das ist mein Unglück! Alles, was wir denkend schaffen, ist dem Untergang geweiht. Wenn der Mensch Gott erfindet, glaubt er daran. Warum soll er nicht an etwas glauben, dass er sich selbst geschaffen hat. … zum Glauben! Was also unterscheidet den Menschen vom Tier? Dass er glauben kann. Eine völlig unnötige Attitüde! Bonbons lutschen hat wirksamere Nachwirkungen auf die Energie, das Wachsen des Körpers oder den Zerfall des Körpers. Stoffliche Ansammlungen sind alle Gegenstände in der Welt. Nuancenreich. Während ich tote stoffliche Fülle in Bewegung bringen kann, umgekehrt nicht. Ich gebe es auf, zwischen toter und lebendiger Materie Beziehungen herzustellen. Übrigens: Wer sagt, dass der Tod, wie wir ihn auffassen, tatsächlich tot bedeutet. Können wir Wachstum, dass sich über Jahrmillionen hinzieht, dass wir nicht erkennen können, deshalb als tot abtun? Das ist jetzt nicht die Frage. Ich will Beziehungen herstellen zwischen einem Gedanken und einem Wort. Frage: Wie kann ich einen Gedanken umsetzen in einen Laut? Einen Gedanken umsetzen in ein Zeichen? Gedanke – Wort – Zeichen. Der Laut A drückt Staunen aus. Den Laut Au verbinden wir mit einem Schmerzensruf, ein L davor, wird zu lau. Die Sinnverschiebung *lau bezeichnet eine Temperatur zwischen warm und kalt. Ein T ans Ende gesetzt, bedeutet: laut, das Gegenteil von leise. Oder: Laut als Ton, Klangobjekt. Verlängert mit einem E erhalten wir ein Instrument: die Laute. Flaute wäre die nächste Erweiterung. Windstille. Tatsächlich: Zwischen Gedanken und Lauten besteht nur eine spärliche Verbindung. Welche Verbindung besteht zwischen der Zeichnung eines Körpers und einem lebendigen Körper? Legen wir nicht alle unsere Gedanken, Wünsche, Träume in die Zeichnung, wenn wir vom Betrachter erfasst werden? Legen wir der Natur Attitüden zu, wie schlecht und gut? Die Natur an sich ist weder gut noch böse. Wer also von Widernatürlichkeit redet, ist befangen in den Gesetzen, die Kirche und Staat aus Überlieferung geschaffen, gesetzt haben. Damit werden wir Opfer eines Systems und sind keine freien Menschen mehr. Die Natur hat ein Recht, ist auf sich beruhend. Gesetze wurden aufgestellt, um die Ordnung der Welt herzustellen, um die Ortung der Dinge und Wesen zu vollziehen. Wie kann ich die richtige Sprache sprechen? Wie die falsche hören und das richtige Wort schreiben ... wenn sich die Inhalte nicht decken?*

Juan, kein Verächter eines guten Tropfen Weins oder Gins oder Whiskys, schenkte sich Zitronensaft ein. Als hätte Zitronensaft im Augenblick Einfluss auf sein Gemüt.

— Ist gesund.

Die Bewegung der Leute, ob sie humpeln, forsch ausschreiten, ob sie die Arme verschränken, mit dem Kopf nicken oder ihn schwenken. Die Erregtheiten zweier Personen, die sich nichts zu sagen haben oder sich anschreien, jede Beziehung von Mensch zu Mensch lässt mich kalt. Ich bin beziehungslos, nicht betroffen vom Ablauf des Geschehens. Ich gehe unter im Gewühl, ich als Punkt im Laufe von Milliarden Lichtjahren ... angesichts der technischen Entwicklung des 20. Jahrhunderts. Wo bin ich? Wo ist der andre? Wer sagt, wo er ist? Wer sagt, wer er ist? Ich bin meine eigene Lichtquelle im Dunkel meiner selbst. Ich existiere durch meine Gedanken, die ständig den Versuch unternehmen, die Dimensionen zu verschieben, um eines Gedankens fähig zu sein. Nicht im Zusammenhang mit Lichtjahren, sondern mit Milliarden Menschen. Ich und die vollbesetzte Straßenbahn. Ich und die grölende Jugend. Ich in Verbindung mit ... ich und ... ich mit ... ich ... ich ... der geringste Teil von mir ist nicht einmal angetippt. Angekratzt. Was ist die Masse der zweibeinigen Tiere, die die Erdkruste bevölkert? Eine Masse, die sich putzt, schmückt, in Schale

69

schmeißt, mit Frack und Zylinder, schwarz, rot und gold das Abendkleid? Die Abendrobe, Garderobe, Frack, Kummerbund als Tigerfell, Tigerbund und Kummerfell. Geblümt, gestreift. Gepunktet, Punker! Pank und pink und violett. Die Masse, die in Straßenbahnen transportiert wird, in Autos, in Röhren, Röhrbahnen, Straßenröhren. Das Grab schaufeln oder Tempel besichtigen. In Kabul, Karnak. Kanaken, Ozeanien, nie enden wollend. Ich in Zusammenhang mit ... Ich stehe am Platz der Freiheit, heute ist ein Tag im 20. Jahrhundert. Ich muss die Ausmaße beschränken, wenn ich nicht untergehen will. Mein Körper hat Beine und Arme, einen Kopf und Geschlechtsteile, einen Rumpf, gefüllt mit Gekröse, Adern und Zellen, Sammelpunkt von Wünschen, Träumen, Verlangen, Begierden ... Was sind wir für Tiere? Harmlose Tiere? Besessen von Wissen, dass sich als Furz erweist, gemessen an dem, was nach uns sein wird ... Sammelpunkt der Macht und Ohnmacht, Zweifel, Hoffen, verloren und geborgen sein. Ich bin fähig, Worte aufs Papier zu bringen. Laute als Zeichen reihen, Au – Be – Ca – Du – Ef – Fe – , ... aus 26 Buchstaben einen Sinn zaubern ... oder Unsinn, ist das. Das ist. Halt das Maul ... du Armleuchter, das ist eine Lösung. Ich habe weder Freund noch Feind ... Wie? Ich bin das Staubkorn auf der Straße, von niemandem entdeckt, von allen getreten. Ich lüge! Nicht das steinige Staubkorn bin ich, wenn ich die jungen Männer schweißtreibend in der Sonne arbeiten sehe. Mein taubes Wesen verwandelt sich zur Blut leckenden Hyäne, sobald ein unbestimmtes Verlangen geweckt ist.

Juan schüttelt den Kopf: menschlich? menschlich! Was ist das? Das Schwelgen in Nächstenliebe oder das Abknallen von Kriegsgegnern? Die Schrift bringt mich in einen Irrgarten. Das Suchen des Fahrstuhls lenkte Juan ab von dem, was menschlich ist. Nachbarn schienen nach Hause zu kommen. Juan bückte sich, um ein andres Blatt vom Boden aufzuheben und las:

Surren des Fahrstuhls. Geräusche vor der Tür, Stimmen, dann Klingeln an der Wohnungstür. Josef Mrais, der zufällig – was ist Zufall, was Berechnung – im Hause ist, öffnet die Tür einen Spalt, ohne den Riegel freizulegen. Er schlägt die Tür zu, als er die jungen Männer erkennt, die fürs Knacken gerüstet sind. Bleich im Gesicht macht er mir Zeichen des Schweigens. Ich soll auf alle Fälle ruhig bleiben. – Die wollen uns umbringen! flüstert er. Da ist nur eine Rettung: fliehen. Über die Terrasse, über die Dächer, bevor die Tür aufgebrochen wird. Die Polizei verständigen? Ich weiß nicht. Vor dem Kommissariat gab der Ausländer zu Protokoll: Am späten Abend des 23. 11. des Jahres … erschienen von meiner Haustür, Riad Sitoune Nr. 5, junge Männer in der Absicht, einzubrechen. Der schnellen Reaktionsfähigkeit eines Besuchers war zu danken, dass die Tür von innen zugedrückt wurde, bevor jemand eindringen konnte. Um nicht Opfer des Überfalls zu werden, floh ich über die Dächer der Nachbarhäuser, bis ich einen Abstieg durch eine Waschküche fand. Der Besucher Josef Mrais bezeugte den Vorgang und erzählte dem verhörenden Polizisten, dass in der Wohnung Surprise-Partys gefeiert wurde, wie sie unter jungen Leuten in der Stadt üblich sind. Freunde und Freunde von Freunden beiderlei Geschlechts treffen sich, lernen sich kennen und trinken und tanzen. Von sexuellen Ausschweifungen weiß keiner zu berichten.

Juan, in der Annahme vor der Entdeckung einer Schauerstory zu sein, konnte seine Neugierde nicht zügeln. Er suchte das nächste Blatt am Boden, vergebens. Damit ließ auch sein Interesse nach. Soviel Aufmerksamkeit verdienten die neuen Entdeckung nicht. Von Gestalten ist die Rede auf dem Blatt, dass ihm am nächsten lag.

Nichts in der Welt ist unwürdig, gestaltet zu werden. Kein Geschehen zu gering, um daraus keine Heldentat zu machen … Ein Gemälde … Eine Skulptur … Die Schönheit eines Körpers, männlich oder weiblich, die sich in der Bewegung zeigt, ist zum toten Gegenstand verbannt, wenn die Haltung gestellt ist. Was ich beim Anblick eines in der Sonne glänzenden Körpers als Wildheit, grausame Kraft deute, verfliegt im Schatten und wird starre Lähmung mit dem Zug zum Blöden im Gesicht. Was bei jungen Tieren beglückend unbeholfen wirkt, die Jungenhaftigkeit, zeigt sich gelassen bei der Arbeit, herausfordernd beim Zigarettenrauchen. Da stehen sie, die Männer, und zeigen ihre Muskeln, was bin ich? Wer bin ich? An diesem Denkmal ranken sich die Träume und Wünsche empor. Das Staubkorn bläht sich auf zum Gestalter des Lebens … Die Zeichnungen bleiben im Körperhaften stecken. Ich muss über das gewöhnliche Maß hinaus. Bewege dich frei! Spiele! Tanze! Jetzt Bilder schaffen – Ich erliege. Ich zeichne mit Feder und Tusche die Umrisse des Körpers: schwarze Linien auf weißem Papier. Äußerlichkeiten, den Zwängen der Erdrotation, der Energie im All zwingend ausgesetzt. Wie weit ist die Wirklichkeit wirklich? Dass ich die Gestalt sehen, greifen, ja schmecken kann, ist noch kein Zeichen von wirklichem Sein, bestenfalls Vorhandensein im Gehirn.

71

Drückt die Linie, die den Körperumriss darstellt, mehr Energie aus, als der voll gefüllte Aquarellfleck eines Bildes eines Körpers? Masse-Energie? Wo zeigt sie sich am stärksten? Habe ich Milliarden Lichtjahre, die in der Form eines männlichen Körpers in Erscheinung treten, gebannt? Samir verlangte, als ich ihm die Jacke gegeben habe, die Hose dazu. Ist der Wunsch Ausdruck des Maßlosen oder das Suchen nach Geborgenheit. Geborgensein in warmen Kleidern ersetzt die Wohnung und menschliche Wärme.

Juan hob ein nächstes Blatt vom Boden.

Tagebuch Elmars. Der Pinselstrich einer japanischen Tuschzeichnung, der Sumi-e, ist weich und hart, zart und derb, hell und dunkel, fern und nah. Vor mir Schneeberge und Palmen, Natur sozusagen. Die Zeichnung der Landschaft mit feinem Strich. Das Porträt, das nahe dran ist, mit grobem Strich. Die Gegensätze schaffen das Unaussprechliche. Je stärker die Kontraste in der Anwendung der Feder, desto stärker die inhaltliche Aussage. Da fehlt das Kraftfeld, das ist ein Stück Gardine. Wie kann ich Nachempfinden zeigen? Wie kann ich einen Text verstehen, hinter dem ich nicht ganz und gar stehe, den ich nicht selbst geschrieben habe? Verstehen? Was kann ich verstehen, wenn ich nicht das geöffnete Organ, die gleichen Voraussetzungen, das kongruente Denken habe? Verstehen? Ich muss eins werden mit dem zu Verstehenden. Das löst alle Probleme, töten den Widerspruch! Die Herausforderung … Die Kardinälin rühmte sich einer christlichen Fürsorge. Die berühmte Nächstenliebe. Sie hatte einem Krüppel Schuhbänder abgekauft. Als sei das soziale Problem gelöst, wenn ich einem Bettler Geld gebe. Sie fragte mich, wo ich am meisten Ich-selbst sei! Ich sagte, beim Malen, das komme einem Geschlechtsakt gleich. Wenn jeder Mensch ohne falsch Er-selbst sein würde, lösten sich alle Spannungen. Wer sagt mir, ob nicht der Bettler zum Schein Bettler ist? Und der Mensch, dies anonyme Wesen, kein Werkzeug des Bösen?

Juan schob mit den Füßen, ohne aufzustehen, den Korbsessel über die Fliesen. Ein Windstoß, der vom Meer herüberschlug, zwang ihn zum Rückzug an die schützende Wand. Vom Boden waren Fahrkarten, Eintrittskarten, Visitenkarten und Zettel aller Art aufgewirbelt.

– Sind die Meereswinde Künder von Botschaften, fragte Juan, als er den Namen des Deutsch lernenden Rechtsanwalts vor sich sah.

72

Auf einem Zettel stand: *Es wird schon gut gehen, Vivi!* Oder: *Wir tun für dich, was wir können. Nächste Woche Montag komme ich vorbei, Vivi!*

– Was, rief Juan empört, Virginia von Bernburg ist in Zusammenhänge verstrickt, auf die ich nicht gefasst bin. Juan wusste, die Notizen ändern sicherlich nicht den Lauf der Geschichte, aber unbedeutend sind sie in der Beziehung zwischen ihm und Virginia nicht. Er sammelte alle Karten und warf sie in einen Karton.

– Was mag da schief gelaufen sein? Wenn alles *gut* werden soll?

Zettel: *Das denkende Ich-selbst deckt sich nicht mit dem handelnden Ich-selbst. Ich stelle mich für alle Vorkommnisse zur Verfügung, aber wie kann ich meinem Selbst entrinnen? Ich möchte wissen, wie weit die Aufdringlichkeit des Josef Mrais noch gehen wird? Er lädt sich zu unpassenden Stunde ein, er lädt mich ein, wenn ich nicht will. Ich weise ihn ab, er kommt zurück. Eine lästige Person, die kein Taktgefühl hat. Ich will nicht eingreifen in den Ablauf seines Denkens und Handelns. Vielleicht zerstöre ich ein Kunstwerk. Josef Mrais, ein Kunstwerk, dass ich nicht lache! Er ist eine Brut aus Quallengift am Grunde des Meeres, nicht Fleisch noch Blut, wie ich! Nein! Ich bin Übermut und Vollmacht in Person und schwebe über den Wolken, bin von Sehnsucht gequält, wenn ich über das Meer schaue, erliege dem blauen Dunst, in dem Himmel und Wasser hochzeiten. Ich arbeite an meinen Entwürfen, schreibe und male und schwelge wenn's sein muss, genießerisch in Seelenruhe und stiller Einsamkeit. Der Fahrstuhl surrt. Das Geräusch bringt mich zur Verzweiflung. Heute. Ich bin unruhig, innerlich gespannt. Warum stört mich das Surren des Fahrstuhls heute? Ich fühle mich nicht betroffen. Es klingelt. Soll ich mich verleugnen? Soll ich mich in meiner Ruhe stören lassen? Er klingelt wieder.*

XI

Es klingelte, als Juan die Papiere zusammenramschte. Er stopfte sie in eine Schublade des Büroboards.

– Warum verstecken, dachte er und schob die Lade zu. Er hatte das Surren des Fahrstuhls nicht gehört, Zeichen seiner Aufmerksamkeit, die er dem Lesen schenkte. Es klingelte wieder.

– Wer klingelt um diese Zeit? Soll ich öffnen? Meine Gegenwart leugnen? Das Licht im Zimmer ist auf der Straße zu sehen.

Er öffnete die Tür und Regina lachte, als sie das verstörte, verlegene Gesicht sah.

– Komm rein!

– Ich dachte, wir könnten zusammen essen, sagte sie, während sie ein Päckchen überreichte und *Gebratenes Huhn* sagte.

– Engel, sagte er, und sie umarmen sich.

Die Begrüßung ließ auf Vertrautheit schließen. Nicht das erste Mal trafen sie in der Wohnung zusammen. Regina, die einen alten Herrn in einer Familie pflegte, verbrachte in der Tat jede verfügbare Minute mit Juan. Und Juan mit ihr. Es zeigte sich, dass er durch und mit Regina die krampfhafte Eitelkeit abtat, den Dünkel seines Wesens verlor. Er war verwandelt in ihrer Gegenwart. Die frische, heitere, junge Dame schien trotz ihrer Jugend – sie war eine Generation jünger – überlegener, reifer, als andre in ihrem Alter, weil sie täglich mit dem Tod konfrontiert war. Dem alten Herrn, den sie betreute, vermochten selbst Spezialisten nicht mehr zu retten. Was heißt retten? Ist Leben mit Rettung gleichzusetzen? Erst nach dem Leben, was gewöhnlich *Tod* genannt wird, beginnt das ewige Leben! Im Tod ist die Rettung! Kein Arzt, nicht die Experten, die aus den USA eingeflogen worden waren, konnten die Krebswucherung in der Lunge stoppen. Da ein Schlaganfall die rechte Körperseite gelähmt hatte, war der alte Herr auf Hilfe angewiesen. Regina zeigte sich als die perfekte Fürsorgerin. Nicht so Virginia, die auch hilfsbereit war, aber mit einem Schuss von Bissigkeit. Warum an Virginia denken, wenn Regina vor mir sitzt. Gebratenes Huhn! Aus der Hand essen, Knochen abknabbern, eine Unterart im Restaurant. Hier war er Barbar, sie auch. Sie konnten die Zeit kaum abwarten, die Hände zu waschen. Sich der lästigen Kleiderhüllen zu entledigen. Juan schob Reginas wallendes Haar hoch und küsste sie in den Nacken mit abgeleckten Lippen. Sie legte die Arme um seine Hüften.

– Wenn das Zeichen der Liebe sind: Dann bin ich unsterblich verliebt.

– Venus!

– Oder macht Liebe blind?

– Du hast deine Brille nicht auf, versetzte Regina scherzend.

– Die Götter geizten nicht, als sie dich schufen!

– Bei dir waren sie auch spendabel, wenn ich deinen …

Juan legte die flache Hand über ihren Mund. Beide gaben sich schweigend der Liebe hin. Ein Bund war geschlossen. Beide schwebten auf Wolken, wie Raffaels Engel. Ihre innere Welt entsprach der äußeren. Sie lebten in Harmonie mit Kitsch und Plüsch, der sie umgab.

– Was soll's, fragte Juan in sich hinein … wenn's glücklich macht! Um aber die Gedanken abzulegen, fragte er Regina, ob sie Virginia von Bernburg kenne?

Regina, anstatt in Hysterie auszubrechen, ihm Vorwürfe zu machen, jetzt hier an sie zu denken, antwortete sachlich ohne Erregung:

– Wenn sie die Freundin des Malers war, der die *Tortuga* dekoriert hat, kenne ich sie vom Sehen, wir haben nie ein Wort gewechselt.

– Kanntest du den Maler?

– Er arbeitete tagelang in der *Tortuga*. Wer kannte ihn nicht? Alle, die dort ein- und ausgingen?

Er muss gewusst haben, dass ich Krankenpflegerin bin. Ich glaube, deshalb hat er sich voller Vertrauen an mich gewandt. Sein Bluttest zeigte, dass er Syphilitiker war, die Lues im zweiten Stadium, immerhin! Nach Kontaktpersonen gefragt, hat er mich

76

angegeben. Sicher eine Verzweiflungstat. Deshalb bin ich, um ihn aus der Verlegenheit zu helfen, die große Nachwirkungen haben könnte, zur Blutabnahme gegangen. Ich gab mich als seine Geschlechtspartnerin aus, was ich natürlich nicht wahr. Das Ergebnis war klar: Ich bin gesund. Er konnte geheilt werden, vorausgesetzt, er hat die Millionen Einheiten von Penicillin gespritzt bekommen. Ich habe ihn seit Ewigkeiten nicht gesehen.

– Ist er noch hier?

– Lassen wir ihn begraben sein!

– Der Meinung bin ich auch!

Regina sah die starken Oberschenkel, die behaart waren wie die Brust, sie war nicht müde, darin zu kraulen.

– Regina, ich liebe dich!

– Juan, ich liebe dich!

Regina und Juan liebten sich. Peng! Noch schmalziger ging's nicht. Als sie im Bad Schweiß und Schweiß vom Körper wuschen, überfiel sie wieder das Verlangen nach Ineinander. Sie rissen sich los. Wenn sie sich in die Augen sahen, wussten Sie, dass der Schmerz der Trennung größer war, als das Flackern in den Augen nach dem Rausch. Kein schmackhaftes Verlegensein. Zwei Menschen traten aus dem Jungbrunnen.

– Wenn das nur gut geht!

XII

Der Tod möge meine Leiden beenden. Wenn bloß! Wo bin ich? Im Gefängnis? Die Ketten binden die Arme, in Karawanen zu viert. Wir ziehen an dem hellen Morgen vorbei und grüßen die Vögel mit freundlichem Nicken. Der Ort ist nirgendwo; weiß ich, wo ich bin? Die Gefangenen sind Menschen; ich bin einer unter vielen. Ein nichtsagender. Ein stummer. Ich bin im Schatten ungewärmt, kein Licht des Tages dringt in meine Zelle. Der Muttermörder reicht mir seine Decke. Er zählt die Samen einer Frucht, die voller Leben sind. 18 Kirschkerne in der Hand, zur Reife getrieben, gediehen. 18.000 an den Zweigen, denen er nicht habhaft werden kann! Er zählt die Steine in die linke Hand, auch sie treibt nicht zur Frucht. Dann in die rechte Hand, die zum Wurzelschlagen keinen Boden hat. 69, 70, 71, 72, fruchtlos weiter, 144, 145, 146, 147, kein Hoffen, 345, 346, 347... und kein Ende, 1345, 1346, 1347, ... Ich ruhe am Grunde des Meeres, unbehelligt vom Licht, das spärlich durch die Gitterstäbe dringt. Der Gestank von Urin und Schweiß hängt in den Ecken. In die Wände schreiben wollen und nicht schreiben, an die Wände schlagen wollen und nicht schlagen. Denken: Gefangensein in der Gewohnheit. Der Gewohnheit sich aussetzen. An die Wände schreiben wollen: Ich bin ein Gefangener meiner selbst, aber nicht schreiben. Und fragen: Lag das Tier auf der Lauer, oder das Wunder, von mir geschaffen? 2302, 2301, 2302, 2303, 2304, 2305, 2306, 2307 ... ob er bei 100.000 sterben wird? Ich sinke zu Boden und erwache im Traum. Der Afrikaner [6] schickte mich, auf meine Frage, die Stufen hinab ins Bad. Das Licht fiel, in Flaschenhälsen durchs Gewölbe dringend, blassrosa und in zärtlichem Grün auf den Schimmel der Wände, dem Ausschlagen von Salz. Der Gestank von brackigem Wasser, mit der Fäulnis des Seifenschaums vereint, nistete unter korinthischen Kapitellen, die, gehöhlt in Stunden und Jahren, das Wasser ertrugen. Ich sah flüchtig nackte Männer und die Männer sahen mich. Sie lachten. Sie ruckten[7] den Blechnapf über den porösen Stein, den letzten Tropfen zu fangen. Dann füllten sie frisch das Geleerte und betäubten die Haut mit heißem Wasser, das aus Näpfen stürzte ... Sie legten ohne Seufzen jede Pore bloß und zeigten von Mann zu

79

Mann ihre Kraft. Ich legte meinen Körper, die Rose, auf den erhitzten Stein, der in den Rillen die Syphilis versteckte … das Tuch, der Hüfte entwendet, deckte aus Versehen die Scham. Sonst war ich frei. Ich hatte Lust, von Sinnen zu sein. Sklave! Ich bin voller Ungeduld, deine Hand auf meinem Körper zu spüren. Lege sie auf meine Brust, ich will die Träume gestillt sehen. Spürst du die Unruhe im Herzen? Gleite weiter! Streiche über die Höhen, labe dich am Brunnen im Tal und raste im Wald der Schamhaare. Der Lebensquelle näher … mach schon! Tu dir wohl an meiner Blöße, dass meine Sinne mich verwirren. Würge Gefühle ab. Schöpfe aus tiefstem Ursprung die Samen. Noch rieche ich den Schweiß in der Achsel und schmecke das Salz deiner Haut. Deine Lippen sind kalt, die Augen tot. Streich' zu … ich will nicht sehen oder schmecken, ich will fühlen … nicht fühlen… Schmerz sein. Ersticken, nicht atmen! Kurz atmen! Schnell! Mach das Tor auf! Oh, Herr! Ich bin dein Sklave … gieß' den Glorienschein über mich, ich habe ihn verdient. Ausgebrannt, leer. Wasch mich Sklave! Lass die Zärtlichkeiten aus dem Spiel … Doch keiner wollte die Schuld nach Hause tragen. Wann ich erwachte, weiß ich nicht. Ich kannte die Zeit nicht, der Ort war inmitten des Unglücks. Die Gefangenen spucken auf den Boden und schlafen weiter. Sie fragen nicht, woher du kommst und wer du bist. Sie fügen sich ihrem Schicksal hinter dem Gitter. Sag ihnen: Zupf die Körperhaare aus … und sie verschwinden Stunden in geduldigem Fleiß mit dem unnützen Handwerk. Deute an, die Brust zu tätowieren … und sie ruhen nicht eher, als dass Nadel und Tinte den Körper gezeichnet haben. Rekel' dich auf hartem Stein … und sie lesen dir geheimste Wünsche von den Augen ab. Sie machen sich zum Sklaven deines Verlangens und sie herrschen über dich! Kardinälin! Ich sacke in die Knie und bete Rot an. Doch schon dämmert das Dilemma. Bist du gerüstet für einen Höhenflug? Bleiben wir auf der Erde: zunächst. Liebe Vivi! Aber das bist du nicht! Du heißt Virginia. Soll ich Liebe Virginia! schreiben, obwohl ich weiß, dass es dir Unbehagen macht? Wo treffe ich dich? Scheinheilige Jungfrau! … Und schon ist das Gespenst da: Wo bist du am meisten du selbst? Unter uns: Die Frage war fremdes Gut! Selbst wenn du schwörst, dass du mich finden wolltest, ich glaub' es nicht. Du hast zu viele Ohren und weißt zu viel von mir! Damit sind Brücken abgerissen. Distanz ist hergestellt. Wir könnten uns von Felsen zu Felsen zurufen. Über meinen Ort kann ich berichten, aber das langweilt dich. Deine Position kenne ich, spare die Kommentare. Wir finden uns nur in der Erinne-

80

rung. Erschienst du als Engel in der Not oder als Botin eines Ungeheuers? Mir zu sagen, meine Tage sind gezählt ... Jesus, Maria! Ich habe rechts und links Tote niedersinken, Verwundete auf der Strecke der Hoffnung auferstehen sehen, schnurstracks ins Himmelreich ... Du sagst, die Tage sind gezählt, ... das kommt einem Mord gleich. Mörderin! Mörderin! Sollte ich die Rosen anbeten, die du brachtest? Waren die Tage der Rosen gezählt? Sollte ich mich von der Terrasse stürzen, um wenigstens als verstümmelte Leiche in der Gesellschaft zu bestehen, die von Vorurteilen, falschen Urteilen beherrscht wird! Ich wusste nicht, wo ich war, aber ich war gegenwärtig. Ich weiß nicht, wo ich bin, aber ich bin hier. Ich weiß nicht, wo ich sein werde, aber wenn ich mein Pensum erfüllt habe, werde ich am Grunde des Meeres ruhen. Mit Gewissheit. Auch du änderst nichts ... nichts! Nimm das mit ins Grab: Mörderin! Ade! Lass dich nicht stören, ich bin's!

Juan legt die Blätter fort. Er wusste nicht, was er sagen sollte. Virginia von Bernburg! Hier liegt das Geheimnis begraben.

XIII

Virginia von Bernburg und Pedro Juan Juan trafen sich zum Kaffeetrinken im *Eden Rock*. Dort wurde der Kuchen aus der feinsten Bäckerei von Beirut serviert und außerdem die Gäste nicht von Fliegen belästigt; ein Wunder, wenn man bedenkt, dass alle Wirtshäuser schwärmeweise von diesen lästigen Tieren überfallen werden.

Keine Fliege auf dem Rand der Terrasse. Sie gaben ihrer Freude Ausdruck, einer Freude des Wiedersehens, oder auch, dass einer dem andern wohlgesonnen ist. Dass sie wieder zusammensitzen und miteinander reden konnten. Im Garten unter Platanen am Meer. Juan verriet mit keinem Blick sein Wissen. Er sah Virginia, Vivi, wie er wusste, nicht mit andren Augen an, oder konnte Vivi eine Veränderung in seinem Verhalten, in seinem Blick erkennen? Verriet er sein Wissen um sie durch falsche Gesten oder war sein Betragen neutral? Blieb alles beim Alten?

– Ich habe Hunger, wagte Juan zu sagen.

Damit drückte er seine Verlegenheit zu. Er hat das Gefühl, Worte wie zum Fraß hingeworfen zu haben, über die nun ein Wortschwall herfallen würde, der ihn weniger betroffen machte, als ein ernstes Gespräch über die Blätter, die er kannte. Nicht vom Essen wurde geredet, sondern von der Freude, diesen Nachmittag zusammen verbringen zu können. Sie sprachen über den blauen Himmel, den es in ihrer Heimat nicht gäbe. Sie lobten das Schwimmbad, obwohl sie wussten, sie werden es nicht benutzen. Es lag am Rand des Meeres, durch eine Mauer getrennt. Das vermittelt ein neues Gefühl: Angesichts des Meeres ein Schwimmbecken betrachten, oder die geschwungene Form des Beckens steht in wunderbarem Gegensatz zu der weiten Gerade des Horizontes. Sie lobte den guten Kuchen und die aufmerksame Bedienung. Als spielten guter Kuchen und gute Bedienung im Leben eine entscheidende Rolle. Die Badezeit war vorüber, jedenfalls für Einheimische. Sie saßen allein unter den Platanen. Juan fing an:

– Geht es dir auch so, dass vergangene Erlebnisse, die Jahre zurückliegen und unbedeutend schienen, plötzlich in ein andres Licht rücken und richtungsweisend fürs Leben werden?

– Ja, die Akzente können sich verschieben. Ich weiß, wie unglücklich ich war, als mir meine Bekanntschaft mit einem Russen übel ausgelegt wurde. Eine Bekanntschaft, die beiläufig und unbedeutend war, war plötzlich ein Punkt, fast möchte ich sagen: der Anklage. Sie wurde als Argument vorgetragen, mir das Visum für die USA zu verweigern. Ich war sprachlos, als ich von dieser Begründung hörte.

– Was willst du in den USA? Du weißt nicht …

– Das sagte ich als Beispiel!

– Du bist doch glücklich über deine Arbeit hier, oder?

Eine Fliege setzte sich auf den Tellerrand. Virginia verscheuchte sie mit einer großen, weit ausladenden Geste, die ihr eigen war. Wie sie Gäste zum Sitzen aufforderte, wie sie lästige Junge abwies, wie sie … wie sie …

Die Fliege kam zurück, so auch die Geste. Dann fing Virginia an, über die kleine Belästigung hinwegsehend, von weit her zu sprechen:

– Ja, die Arbeit macht mir Freude, sie hilft über vieles hinweg.

– Du scheinst sicher in deinem Auftreten und Reden. Trügt der Schein? Kann es möglich sein, dass du die Arbeit als Betäubungsmittel siehst? … Auch deine Suche nach Antiquitäten im Basar?

Sie verscheuchte die Fliege wieder.

– Wieso?

– Du hast mich einmal gefragt, wo ich am meisten Ich-selbst bin. Hast du dir die Frage beantwortet? Du suchst einen Freund oder eine Freundin. Im Grunde deines Herzens bist du einsam!

– Bist du einmal verliebt gewesen, fragte Virginia herablassend und herausfordernd zugleich.

Sie griff in die Zigarettenschachtel. Er hielt das brennenden Streichholz an die Zigarette im Mund. Eine Handlung, die zur

Gewohnheit herabgewürdigt war und sah ihr in die Augen. Sie wich nicht aus.

– Verliebt oder nicht, das ist im Augenblick nicht die Frage.

Sie zerschmetterte das Blablabli Juans mit dem Hinweis, er solle sich mehr dem Leben aussetzen.

– Das rate ich dir nicht, aber du solltest einmal in dich gehen.

– Bitte, gib mir keine Ratschläge! Wir sind hoffentlich nicht hier zusammengekommen, um uns heute Nachmittag im *Eden Rock* Kaffee und Kuchen zu verderben.

– Nein, lass uns baden.

– Eine gute Idee, das kühlt die Gemüter ab.

Sie zogen sich getrennt in die Kabinen zurück und trafen sich im Badeanzug am Beckenrand. Und schwammen. Nach dem erfrischenden Bad schlug Juan vor, einen Cognac zum Einheizen zu nehmen. Virginia war einverstanden. Die Sonne sank, Seewind kam auf. An der Bar bohrte Juan weiter:

– Kann es sein, dass du Kardinälin genannt wirst?

Sie sah ihn erstaunt an. *Kardinälin* verschlug ihr die Sprache. Sie wusste nicht, worauf Juan hinauswollte, und sie zweifelte, ob sie Ja oder Nein sagen sollte. Das eine war klar, er hatte mit jemandem – mit wem auch immer – gesprochen, da er etwas aus ihrer Vergangenheit wissen musste. Sie zögerte und Juan bemerkte, sie in Verlegenheit gebracht zu haben. In dem Gefühl, Begebenheiten nicht noch komplizierter zu machen, weil sie schon schwierig genug waren, antwortete sie:

– Ja!

Dann fügte sie hinzu, als sei es das Natürlichste, dass sie einen Freund habe, der sie so nannte.

– Der Freund hat den Nagel auf den Kopf getroffen. Du sprichst in einem feierlichen Ton von oben herab.

– Mach dich nicht lächerlich, wies sie dieses feierlich zurück.

Juan, der nicht antwortet, beobachtete, wie das Lachen erstarrte, langsam erfror, bis ihre Gedanken, die sich im Gesicht spiegelten, alle Heiterkeit, die zwischen ihnen lag, löschte.

– War dein Freund Maler?

– Ja, sagte sie kurz, ohne ihn anzusehen. Juan wartete auf den Augenblick, in dem Virginia zu erzählen begann. Er wartete. Spannungsvolle Stille lag zwischen beiden. Sie kämpft mit sich, ob sie den Damm brechen sollte oder nicht.

– Wenn ich über die Vergangenheit rede, erlöst mich das.

Sie schwieg:

– Hier im Café reden? Nein!

– Der Maler war deine große Liebe? fragte Juan.

– Nein! Außerdem geht es dich nichts an!

– Leider bin ich durch dich Mitwisser in einer Angelegenheit geworden, die mich nie berührt hätte.

– Was weiß er von Elmar? Spielt er den Unwissenden, oder macht er mich als Mitwissende schuldig, um mich zum Sprechen zu einer Rechtfertigung zu veranlassen? Sie sagte:

– Welche Angelegenheit?

– Du bist unterrichtet, dass … , hier stockt er.

Sie holte eine Zigarette aus der Packung, er reichte wie gewöhnlich das brennende Streichholz.

– … dass was?

Juan fürchtete, sie unvorbereitet hart zu treffen, wenn er über die Veranlagung des Malers klar aussagte.

Sie fragte:

– Worüber bist du unterrichtet?

– Weißt du, wo er ist? Weißt du wirklich nicht, wo er ist?

– Nein, ich habe ihn am Tage seiner Abfahrt gesehen, ich habe ihn aber nicht abfahren sehen.

– Er ist im Himmel! Vorausgesetzt er wird dort eingelassen. Er liegt wahrscheinlich am Meeresgrund, wie er sich das gewünscht hat. Jedenfalls schrieb er davon in seinen …

– Mach keine Witze!

– Nach dem, was ich gelesen habe, wird er in die Hölle kommen.

– Verdammt, was weißt du von ihm! Spanne mich nicht auf die Folter, rede nicht in Rätseln, woher beziehst du dein Wissen?

– Durch dich!

– Ich habe kein Wort von ihm gesprochen.

– Das stimmt, aber die Stunden, die ich dem Herrn Advokaten, Doktor Adnan gebe, hast du mir aufgeschwatzt.

– Was hat das mit dem Maler zu tun?

– Sehr viel! Er war sein Anwalt. Er gab mir ein Bündel von Aufzeichnungen, Notizen, Eintragungen, sonstigen Niederschriften. Da er nicht Deutsch lesen konnte, aber immerhin sehr neugierig war, vielleicht auch, um von seinen Klienten mehr zu erfahren, als er aussagte, verschaffte er mir Einblick in die Welt eines …, er zögert, …

– Eines was?

– Eines, um einen gelinden Ausdruck zu gebrauchen: widernatürlichen Tieres.

– Sprich nicht so abfällig, urteile nicht, du hast ihn nie gesehen oder getroffen.

– Ich glaube nicht, dass ich meine Meinung ändere, wenn ich ihn gekannt hätte. Ich habe nur stückweise seine Ergüsse zur Kenntnis genommen. Was mir unter die Augen kam, genügt mir, um mir ein Urteil zu bilden … über diesen Lüstling. Der Advokat weiß sicherlich mehr über ihn, doch wozu die Aufregung? Der Mann ist tot. Wenn nicht körperlich, so doch abgeschossen von der herrschenden Moral, der Gesellschaft im 20. Jahrhundert.

Juan ruckelte umständlich einen Bogen aus der Jackentasche, faltet ihn auf, und gab ihn Virginia zum Lesen. Sie war aufgeregt über das Gesagte. Schließlich traf sie auf die Zeile: *Lass dich nicht stören, ich bin's.*

– Das sagte er immer, wenn er eintrat.

Sie schüttelte leicht den Kopf, als verstehe sie sich selbst nicht, dann fuhr sie fort:

– Vielleicht hätte ich mich mehr stören lassen sollen. Ist keiner von uns, der nächste, verpflichtet, einem Menschen, der in Gefahr schwebt, zu helfen?

– Oh, je! So weit! Wann weiß ich, wann Gefahr besteht?

– Sag mal, Selbstmord ist eine Kurzschlusshandlung, die jeder, der christliches Empfinden hat, verhindern sollte.

– Seit wann bist du so katholisch?

– Um einem andern zu helfen, muss man nicht katholisch sein. Lächerliche Unterstellung.

– Er schrieb in seinen Tagebüchern, dass er sich als Niete fühle, unfähig, den Anforderungen, den Gesetzen, den Regeln des Normalen zu unterwerfen. Er fühlt sich *gekillt* von der Masse von Buchstaben, die unser Leben regeln. Da die Erde ohnehin übervölkert ist, was berührt uns da noch der Tod eines Malers, der nicht fähig ist, die Gesetze der menschlichen Gesellschaft zu befolgen?

– Du bist …, ich weiß nicht was. Wer solche Gedanken hat und von Nächstenliebe spricht, verdient es nicht, am Leben zu bleiben. So wie du einen andern tötest, so sollst auch du getötet werden.

– Tröste dich: Dieser Mensch … kein Menschenleben währet weit über 100 Jahre.

– Schweig! Ich will dir etwas sagen:

Virginia hob zu einer Rede an:

– Ich war in Elmar verliebt, vielleicht übertreibe ich auch. Seine Gegenwart war mir immer angenehm, ich vermisste sie, wenn er nicht in meiner Nähe war. Fühlte ich mich in seiner Nähe sicher? Ahnte ich, dass er, weil er schwul war, mich nicht dringend anrühren musste, wie die meisten Männer in diesem Lande? Wie dem auch sei, ich fühlte mich sehr hingezogen zu ihm. Und dass er abgereist ist, macht mich traurig. Ich erinnere seine Klage, dass der Polizeioffizier, dessen Kommissariat dem Eingang seiner Haustür gegenüber liegt, ihn zu sich rief und ihm, was Elmar sehr verwunderte, eine Zigarette mit der Bitte anbot, mit ihm zu plaudern. Das zog sich über Wochen hin. Elmar merkte nicht, dass der Offizier mehr wollte, als nur eine Zigarette mit ihm zu rauchen. Er macht ihm Komplimente über das schöne blonde Haar. Die herrlichen Augen, die er in seinem Lande noch nicht gesehen hatte. Und viele weitere Kompliment. Elmar verstand immer noch nicht. Erst als der Offizier, mittlerweile nahe gerückt, die Hand auf Elmars Schenkel legte, musste ihm ein Licht aufgegangen sein. Der Offizier beichtete ihm seine Liebe, er möchte doch mit ihm in seine Wohnung kommen, wo sie zusammen ein Glas trinken könnten. Das war zu viel! Ich weiß nicht, ob Elmar wirklich schwul war, dass er, wenn schon, aber mit einem fetten, alten, geschniegelten Polizeioffizier ins Bett gegangen wäre, konnte ich mir einfach nicht ausmalen. Überhaupt konnte ich mir nicht vorstellen, wie die Beziehungen zwischen Männern sind. Ich wusste nur, dass ich seine Gegenwart sehr gern hatte, sein Lachen erfrischte mein Herz. So lächerlich es klingt. Nun ist er weg, und ich sitze mit dem Fluch der Mörderin belastet allein hier, den Blicken und Händen der Männerwelt ausgesetzt.

– Armes kleines Mädchen!

– Heuchler!

– Soll ich die Sache ungeschehen machen, sie aus meinem Leben streichen? Das kann ich nicht.

– Was war, kann nicht ungeschehen gemacht werden!

– Ungeschehen! Ungeschehen, empörte sich Virginia, Was geschieht in der Welt? Wer ist für den Tod von endlosen Reihen von Kriegen verantwortlich, wer macht die toten Hungeropfer ungeschehen?

– Es gibt immer eine Erklärung, Krieg zu führen. Es gibt immer einen Grund zu rüsten.

– Wer sagt, dass Elmar, keinen Grund hatte, sein Leben so zu führen, wie er es geführt hat? Was wissen wir voneinander, erregte sie sich und fuhr fort: Natürlich gibt es für alle Taten und Untaten eine Erklärung … am Ende werden alle Rechnungen beglichen.

Und weiter:

– Als die wahre Sache ans Licht kam, war dem Maler nicht mehr zu helfen: Er war nicht im Lande. Dass er am Meeresgrund liegt, will ich nicht glauben. Der Offizier ist bekannt für seine sexuellen Ausschweifungen, besonders mit Männern, die er gern in der Zelle hinter Gittern hält. Ein wahrer Sadist. Der Maler war ein Stein im Mosaik, der das Bild vervollständigt. Der Offizier ist verhaftet worden und sitzt. Wenn er nicht gut schmieren kann, selbst durch seine Beziehung zu höchsten Stellen, wird er seinen Job verlieren. Aber wie das so ist, auch hier wird man sich arrangieren, zumal der Auslöser der Affäre nicht mehr im Lande ist. Pedro Juan Juan! Höre, was ich jetzt zu sagen habe: Ich werde das Land verlassen, sobald ich meine Verträge erfüllt habe. Nicht um dem Maler nachzureisen, sondern um mich in eine andre Ecke der Welt zu verkriechen, um mir einen respektablen Mann zu suchen, dem ich dann ganz Weibchen sein werde.

– Armes Ding!

– Aber wie ich mich kenne, werden meine Absichten und Vorsätze nur bis zur Schwelle reichen, die mein Zimmer vom Flur trennt!

– Abwarten!

Sie richtete das Haar hinterm Ohr, zog die Lippen mit Rot nach und griff zur Zigarette.

Sie sagte:

– Unsere Meinung über den Wert eines Menschenlebens gehen weit auseinander. Du wirst mir bitte erlauben, oder auch nicht, zu gehen. Ich gehe. Ich möchte mit mir allein sein.

Sie stand auf und sagte schon im Gehen:

– Lass es dir gut gehen!

Juan, betroffen über diese schnelle Reaktion, wusste nichts andres und mit einem Vorwurf beladen zu sagen:

– Du hast mich in diese Situation gebracht! Mich gebeten, dem Maître Unterricht zu erteilen, weil er, wie ich jetzt vermute, den Maler *rausgepaukt* hat.

Kein Grund für Virginia den Schritt zu verzögern.

– Übrigens, der Standpunkt des Rechtsanwaltes ist, dass es sich bei Elmar um einen kleinen Fisch handelte, fette Brocken geben sich nicht mit Strichjungen ab. Dann rief er ihr nach:

– Geh' in Frieden!

Ob sie diese Worte noch hörte, wusste Juan nicht, sie jedenfalls drehte sich nicht mehr um und verschwand. Juan, gelähmt, jetzt, weil er nicht wusste, wie er sich verhalten sollte, rief den Kellner, um die Rechnung zu begleichen. Doch versäumt er nicht, Virginia noch einmal nachzurufen, obwohl sie schon außer Hörweite war:

– Geh' in Frieden!

So hatte er wenigstens das Gefühl, nicht im Bösen mit ihr auseinander zu gehen. Ob er sie nochmals sehen oder treffen wird? Er verließ sich darauf und wartete auf das Erscheinen des Kellers, dem er bezahlte.

XIV

Juan und Josef Mrais hatten über Geschäftsverbindungen im Libanon gesprochen, schweiften in Sätze über die Bauweisen in Städten und auf dem Land ab, dann, schon quälend, über die Veranstaltungen in Beirut. Juan wollte sich zurückziehen, doch Josef Mrais, der immer Leute um sich herum haben musste, bat Juan zu einem Drink. Dem setzte er, um nicht in irgendeiner Bar herumhängen zu müssen, seine Einladung entgegen: mit ihm nach Hause zu gehen, um dort einen Tagesabschlusstrunk zu nehmen, was Mrais sofort annahm, denn so blieben ihm Ausgaben erspart. Kaum hatte Juan die Einladung ausgesprochen, als er sie auch schon bereute:

– Was hatte er mit diesem Menschen zu tun? Mehr als zu Geschäftsverbindung ist er nicht nütze!

Nicht, dass Juan nur auf nützliche Verbindungen aus war, aber ihn verband nichts mit Josef Mrais. Juan fühlte sich als Opfer seiner Höflichkeit und so ließ er geschehen, was er vorschlagen hatte.

Sie kehrten zu ihm in die Wohnung zurück.

– Ein Maler, den ich gut kannte, sagte Mrais, lebte hier in der Wohnung. Ich verkaufte Bilder für ihn, leider hatte er viel Pech im Leben. Die Wohnung hat sich aber sehr verändert.

– So? Ist das der Maler, der wegen Beziehung zu jungen Männern verhaftet wurde?

– Ja! Kennen Sie ihn?

– Ich habe von ihm gehört.

– Ich verstehe nicht, sagte Josef Mrais, warum er nach seiner Entlassung aus dem Gefängnis das Land verlassen hat. Er war unschuldig in die Sache geraten! Aber selbst, wenn er schuldig gewesen wäre: Sowas kommt vor! Ist doch eine harmlose Sache, so lange kein Mord damit verbunden ist.

– Harmlos, sagen Sie! Kennen Sie überhaupt das Wort von der Verpflichtung der Gesellschaft gegenüber?

– Nein!

– Dann schweigen Sie besser! Dass sie wenigstens einräumen, die Sache sei nicht mehr harmlos, wenn sie mit Mord verbunden ist, spricht für sie, sie scheinen ein Spieler im Leben, ein Lebenskünstler zu sein, der sich den Situation anpasst, der als Stehaufmännchen lebt, wenn er mal getroffen wurde.

– Ich selbst war in die Sache des Malers verstrickt.

Josef erzählte, er sei im Kommissariat verhört worden, während die Jungen im hinteren Raum mit Wasser überschüttet und mit Stockschlägen, die sie jaulend und heulend hinnahmen, traktiert wurden. Sie waren gerade laut genug, um Josef einzuschüchtern. Sobald er in seiner Darlegung stockte, nickte der Kommissär mit dem Kopf in Richtung der Schreie, womit er andeuten wollte, das könne ihm auch passieren, wenn er nicht weiter reden würde und die volle Wahrheit ans Licht bringe. Die volle Wahrheit ist, dass ich keinen Geschlechtsverkehr mit dem Maler hatte, dass ich keine gleichgeschlechtlichen Beziehungen zu dem Maler unterhielt. Dann ein Schrei aus der hinteren Kammer und das Klappern von Blecheimern und wieder ein Schlag und Schreie und Heulen. Kein Wort mehr, nur Abführen in einen andern Käfig. Der Maler wurde nach mir vorgenommen: Er stand vor dem Schreibtisch, ich konnte ihn durch das Gitter sehen, den kleinen Flur entlang. In den Käfigen, in denen die Jungen traktiert worden waren, herrschte Ruhe, nur leises Vor-sich-hin-Schluchzen war bei aufmerksamem Hinhören zu vernehmen. Die Jungen saßen in der Ecke gekauert und warteten ihr weiteres Schicksal ab. Wie eine Säule stand der Maler. Die Offiziere hatten ihm ein Schreiben vorgelegt, dass er zu unterzeichnen hätte, um entlassen zu werden und der Maler sagte: – Ich unterschreibe keinen Zettel, den ich nicht lesen kann. Wie kann man von mir erwarten, dass ich, der nur kurze Zeit im Land ist, Arabisch lesen kann? Der Offizier hinter dem Schreibtisch sprang auf, um seinen Forderungen Nachdruck zu verleihen. Er brüllte ihn an und gab damit das Kommando, den andern im Käfig weiteren Schlägen und Wasserschüben auszusetzen. Die Schreie und das Gebrüll ließen den Maler kalt. Äußerlich! Er stand vor dem Schreibtisch. Unbeweglich, unbewegt. Als

94

fielen Mauern von ihm ab. Ein Stachel in der stickigen Luft des Kommissariats, ein aufrechtes Denkmal, von Wimmern und Klagen umbrandet. Wenn ein Künstler Einsamkeit hätte darstellen müssen, hier hätte er sie in Person angetroffen. Nichts holte der Offizier aus ihm heraus, kein Wort, keine Bewegung. Er ließ ihn in die Zelle abführen. Nach meinem Zuraten, zu unterschreiben, was er nicht lesen kann, verstockte er vollends. Er hockte sich in einer Ecke nieder und sprach kein Wort mehr. Zehn Minuten mögen vergangen sein, als ein Polizist an die Gitterstäbe trat, um zu fragen, ob er sich den weiteren Verlauf des Abends so vorgestellt habe. Er schwieg. Schließlich wurde er, da nichts aus ihm herauszuholen war, wieder vor den Offizierstisch gestellt. Mein Gott, wie einsam muss dieser Mann inmitten des Gebrülls gewesen sein. Ob er an Gott glaubte, der ihm hier Sicherheit und Gelassenheit schenkte, der ihn aus dieser Hölle herausfischen würde? Ich weiß es nicht. Die Offizier holte zu einem Schlag aus. Der Maler rührt sich nicht, zuckte mit keinem Muskel im Gesicht. Der Schlag endete vor seinen Augen. Er blieb unberührt. Der Offizier rannte hin und her, um ihn herum. Genauso hätte er um eine Salzsäule herum laufen können, so steif und stumm wie der Maler … Wieder in den Käfig. Diesmal für die Nacht. Keine Decken auf dem Steinfußboden. Keine Möglichkeit des Abtritts. Hinter Gittern! In sich zusammengekauert, die Knie hoch angezogen, in dieser verkrampften Lage verbrachte er die Nacht. Es gab keine Möglichkeit, auch nur ein Wort aus ihm rauszuholen, selbst meine Versuche schlugen fehl. Auch die längste Nacht vergeht. Nachdem der Offizier, des Gesprächs müde, nochmals versucht hatte, die Unterschrift zu erzwingen, ohne Erfolg, wurde er mit mir an Ketten gebunden auf einen Lastwagen gebracht, der uns unter stärkster Bewachung in das Untersuchungsgefängnis beförderte. Die persönliche Habe: Schlüssel, Taschentuch, Portemonnaie, Kamm, diese lächerlichen Utensilien wurden uns abgenommen, als wir in den Raum für Häftlinge geführt wurden. Name, Vorname, Alter, wohnhaft und so weiter … auf den Stuhl gesetzt, mit der Nummernklappe vor dem Bauch: die Profil- und die Aufnahmen en face … Fotos für das Verbrecheralbum. Dann erst wurden wir in einen verschlossenen Raum geführt, wo 20 Personen auf ihre Aburteilung warteten. Freispruch oder in den Kasten! Aber was hatten wir getan? Wir waren uns immer noch keiner Schuld bewusst. Dass wir sexuelle Befriedigung hatten, war doch nicht Sache des Offiziers, den wir die ganze Machenschaften zuzuschreiben hatten. Mit dem Maler konnte ich keine Silbe reden. Er schwieg und schwieg … nicht einmal seine Augen – sonst lebhaft umherschweifend – waren zum Sprechen zu bewegen. Sie äußerten keinen Wunsch, zeigten kein Verlangen oder brachten ein Missfallen zum Ausdruck. Ein Mensch …, dachte ich, dieses Wesen ein Mensch? Ich hatte genug mit den Gedanken zu tun, wie ich hier wieder aus dem Loch komme. Der Steinfußboden war wenigstens mit einer Hochpritsche bedeckt. So dass die Kälte nicht unmittelbar auf die Knochen schlug. Als wir am zweiten Tag vor den Richter geführt wurden, tauchte wieder die Frage auf, ob wir sexuelle Beziehungen gehabt hätten. Nein! Kam aus tiefster Überzeugung. Sowohl aus dem Mund des Malers, als auch aus meinem. Schon am nächsten Tag waren wir entlassen. Aber nur deshalb, weil er seinem Rechtsanwalt 1000 liberische Pfund[8] in die Hand versprach, wie auch ich. Das war ein teurer Spaß. Das Geld lässt sich verschmerzen, aber die Beziehungen, die angeknackst waren, unter Freunden, waren zerstört. Das war das Eigentliche, woran der Maler nachher litt, dass er von der Gesellschaft abgeschnitten war. Samir, der Gauner, sagt natürlich falsch aus, um seine Haut zu retten. Zumal er unter den Schlägen der Polizisten litt. Was dem andren zugestoßen würde, war ihm gleichgültig. Er sagte: Die Ausländer haben Geld, und wer Geld hat, kann sich retten.

– Auf die falsche Aussage hin wurde also Anklage erhoben, unterbrach Juan.

– Formell ja, aber meist kommt es in solchen Fällen nicht zu einer Verurteilung, von denen es hunderte gibt, weil sie so lukrativ sind. In der Zelle besprechen sich die Beteiligten, wie sie am besten und ohne Aufregung herauskommen. Die Lösung ist die, dass Samir die Aussage ändert, und das bedarf einer guten Bezahlung. Der Ausländer, um aus seiner misslichen Lage herauszukommen, verspricht natürlich die erpresste Summe. Wehe, wenn er sie nicht zahlt! Dann ist er seines Lebens nicht sicher. In der Öffentlichkeit, wenn solche Fälle ans Licht kommen, spricht man von Sexualmord eines veranlagten Mörders. Doch meistens wird die Geschichte so heimlich und still abgewickelt, dass niemand davon erfährt. Ein Journalist könnte, wenn er alle Fälle notieren und veröffentlichen würde, ein dickes Buch daraus machen. Jedenfalls wird keine Staatsaffäre daraus, selbst dann nicht, wenn hohe Persönlichkeiten internationaler Organisationen wie der UNO, der UNESCO und so darin verwickelt sein sollten.

– Das hört sich wie ein Märchen an! Ich hoffe, dass ich nicht alles als bare Münze hinnehmen muss, sagte Juan.

– Der Witz an der Sache ist, dass Elmar[9] unschuldig ist und der Polizeioffizier verhaftet wurde. Er wird sich zu verantworten haben. Da aber überall korrupt ver- und gehandelt wird, wird auch er sich aus der Affäre ziehen, zumal der Ausländer, der lästige Zeuge, außer Landes ist.

– Nun ist gut, unterbrach Juan, ich glaube, wir machen zu viel Worte um diese geringe Sache.

Der Fahrstuhl surrte. Juan dachte:

– Wenn jetzt Regina käme, könnte ich das Gespräch abbrechen, ohne Josef Mrais zu verletzen.

Es klingelte. Juan öffnete die Tür. Ein junger Mann mit Tätowierung auf dem Arm bat um Geld. Als Josef Mrais sich zeigte, wurde aus der aufdringlichen Bettelei eine fast höfliche Erläuterung persönliche Umstände, die als Notfall dargestellt wurden. Josef erkannte Samir. Da er wusste, dass der Kommissär auf einem andren Posten saß, konnte er ohne Hemmung mit dem Ruf nach der Polizei drohen, wenn Samir nicht sofort aus dem Treppenhaus verschwände.

XV

Die Deutschstunde beim Advokaten war kein Unterricht mehr, sondern Plauderstunde auf Französisch. Thema, wie konnte es anders sein; Elmar, der Maler. Juan beschränkt sich darauf, seinen Kommentar zu dem Thema zusammenfassend zu geben. Zum einen, weil es den Eindruck machte, er habe sich mit dem Thema befasst, zum andren, weil er sich in Pauschalsätzen ergehen konnte, die zu einer oberflächlichen Unterhaltung gehören.

– Der junge Mann muss ja unglücklich gewesen sein.

– Das kann ich nicht beurteilen, erwiderte der Rechtsanwalt, Oder: Das will ich so nicht sagen. Er war ein suchender, manchmal hilfloser Mensch, aber unglücklich? Er lebte seiner Veranlagung gemäß: diskret. Er hat nicht einmal das Tabu verletzt. Denn der eigentlich Schuldige, der, der ihn in diese Sache eingerissen hat, war der Polizeichef des Reviers. Elmar war Opfer, ein gejagtes Wild. Ich bewundere ihn, weil er so standhaft war, das Schreiben nicht zu unterzeichnen. Damit hätte er eine Schuld auf sich geladen, die er nicht hatte. Für mich war es ein leichtes Spiel, ihn vor dem Richter herauszupauken. Ein Wort: *Nein*, genügte auf die Frage, ob er zwischenmännliche Beziehung gepflegt habe. Das war insofern keine Lüge, weil sich die Frage auf eine Offentlichkeit bezog, die niemals betroffen wurde. Wenn er wirklich zwischenmännliche Beziehungen pflegte, dann sicherlich im stillsten Kämmerlein, wo kein Mensch das Recht hat herumzustöbern.

– Was für eine Rolle spielten die Jungen?

– Sie waren jung und immer auf Abenteuer aus …

– Abenteuer nennen Sie diese kriminelle Handlungen?

– … gelinde gesagt, meinetwegen auch: Auf Raub aus, doch das klärt nicht das Verhältnis zum Kommissär. Er kannte die Bande, da sie ihm Opfer in seine Hände spielten. Sie arbeiteten praktisch für ihn, waren nicht nur Zuhälter, sondern vornehmlich Indikatoren, also Leute, die denunzieren, falsch oder richtig, je im Ermessen des Chefs.

– Aber in den Zellen, hinter Gittern wurden sie geschlagen. Ich will nicht sagen, gefoltert, aber doch gepeinigt, um sie zur Aussage zu zwingen.

– Das ist im Spiel inbegriffen! Kennen Sie Sadisten? Der Chef war einer. Die Jungen nehmen drei Stunden lang die *Strafe* hin, dafür aber auch eine schöne Stange Geld. Und sie laufen auf freiem Fuß, um das nächste Opfer ausfindig zu machen.

– Lieber Maître, fing Juan an, ich glaube, wir können den Unterricht hier abbrechen …

– Es tut mir leid, aber meine Arbeit nimmt mich derartig in Anspruch, dass ich derselben Meinung bin.

Juan hatte nicht entfernt daran gedacht, seine Stunden wegen der Überlastung des Advokaten abzubrechen, sondern weil er sich von den Unregelmäßigkeiten abgestoßen fühlte, die sogar ein Rechtsanwalt durchgehen lässt. Er sagte:

– Ich bin …

Dann unterbrach ihn der Rechtsanwalt, indem er ein geklammertes Papier aus der Schublade zog.

– Diese habe ich, jedenfalls in der Überschrift, lesen können: *Vom Sinn des Lebens*. Eine Aufzeichnung meines Mandanten, die ich Ihnen gerne zu lesen gebe, damit Sie sich ein besseres Bild von dem Maler machen. Denn auch dies sind Äußerungen, die zu ihm gehören. Vielleicht kennen Sie nur den *unglücklichen* Teil von ihm.

Juan nahm die Blätter in die Hand und fuhr fort:

– Ich bin einigermaßen schockiert über die Hintergründe von Rechtsprechungen, von richterlichem Gebaren, überhaupt von der Lebensweise hier in dieser Stadt.

Der Rechtsanwalt fühlte sich betroffen, hart kritisiert. Als ob ein Fremder, der die Zusammenhänge nicht kennt und sich auch keine Mühe gibt, sie zu erkennen, sich ein solches Urteil erlauben könne. Er antwortete scharf, als sich Juan ganz formell verabschiedete:

– Hoffen wir, dass sie während ihrer Zeit hier in Beirut, nicht auch noch einen Rechtsanwalt in Anspruch nehmen müssen.

Juan verneigte sich:

– Hoffen wir's!

Und verschwand.

Was war geschehen? Hatte der Anwalt Juan bekehrt? Obwohl doch bei der Übergabe der Papiere die Sachlage so schien, als wollte der Anwalt von Juan Aufklärung über den Mandanten erlangen? Nun kam sich Juan wie ein begossener Pudel vor, der das Wasser abzuschütteln versuchte. Musste er sich das bieten lassen? Er, der geachtet, geschätzt, nicht gerade geliebt war unter den Geschäftspartnern? Er zog alle Aufsässigkeit zurück, als ihm die Worte des Anwalts einfielen:

– Hoffentlich brauchen Sie mich nicht in einer Affäre.

Der Advokat Adnan schüttelte verständnislos den Kopf, setzte sich hinter einen Berg aus Akten und verlor sich in den nächsten Fall.

Kaum zu Hause, überflog Juan die Seiten, die er in der Hand hielt: *Wie sehr ist die westliche Welt ein Erzeugnis des alten Testaments!* war der unterstrichene Satz, der ihm in die Augen fiel. Beiläufig fragte er sich, wer ist Gary Zukav,[10] der als Autor des Satzes genannt ist. Weiter. Er laß:

Immerhin eine Welt, die nüchtern behandelt werden sollte, wenn man bedenkt, dass in den Augen der Christen literarische Bemühungen als unnütze Kindereien galten, die die Seele von ihrer einen großen Aufgabe ablenken und die Sorge um das Heil vergessen ließen. Seit dem 2./3. nachchristlichen Jahrhundert ... um Maßstäbe zu setzen, finden bis heute Bücherverbrennungen statt oder werden Schriften auf den Index gesetzt. Ich kann keine Erklärungen geben, ich bin kein Biologe, über die Tätigkeit der Gehirnzellen, die gereizt werden, um dem Glanz und Schimmer einer Körperoberfläche, der menschlichen Haut, beizukommen. Soviel ist sicher, dass ich einer Energie[11] ausgeliefert bin, von der ich angesteckt und entzündet werde. Diese Macht veranlasst die klärende Ortung meines Standpunktes, selbst auf fliegendem Planeten. Ob ich angesprochen bin, mich in Übereinstimmung mit dem Gegenüber befinde, harmonisch zugeneigt, auch geliebt oder bis zum Widerwillen abgestoßen werde, Hader, Hass und Streit; fest steht, dass ich, einmal gereizt, in Bewegung gerate, handelnd und denkend. Diese ständige Bewegung führt zu neuen Erscheinungsformen, zu Mutationen. Zellen, im Laufe der Million Jahre darauf angelegt, arterhaltend zu wirken, Überlebenschancen zu suchen, d.h. Vorteile zu nutzen, werden mobil, oft bekannten Gesetzen hohnsprechend. Das kann, wenn ich die Grenzen des andern nicht achte, zu Machtmissbrauch, zu Profitgier führen, aber auch zu Denkanstößen, wenn ich den Bereich des andern anerkenne. Denkanstöße oder Machtmissbrauch mit allen Möglichkeiten dazwischen ändern uns, so oder so. Konrad Lorenz schreibt: Unmöglich, in Worten das Wirkungsgefüge eines Systems darzustellen, in dem jeder Teil mit jedem anderen in einem Verhältnis wechselseitige ursächlicher Beeinflussung steht.[12] Die wechselseitige, ursächliche Beeinflussung von Mensch zu Mensch, Subjekt – Subjekt oder, auf Material bezogen: Subjekt – Objekt, als Sinn des Lebens zu erkennen, ist Sinn des Lebens. Der ständige Wandel, bestimmt durch Aufnehmen und Ausschalten, aus dem dauernd unbekannte Zusammenhänge resultieren, ist schlechthin unerschöpfliche Quelle und treibende Motor des Lebensablaufs. Jedem einzelnen, sagt Michel Foucault, sei damit wieder die Aufgabe zugewachsen seinem Leben durch seine eigene Lebensführung einen Sinn zu geben, es durch Stil und Haltung zu einem persönlichen Kunstwerk zu machen.[13] Ich wollte gerettet sein von dem Du-sollst westlicher Prägung – daher verließ sich die Welt der Trümmer nach dem Krieg, verzweifelnd an vertrauten Überlieferungen, zerbrochen am Vertrauen, um des Lebens willen, im Glauben an die Vergänglichkeit von Sorgen und Kümmernis, … um gewärmt zu werden, von innen und außen, dem Tier nahe sein, dem Menschlichsten im Menschen. Zeugen, fruchtbar sein, neue Dimensionen schaffen, einen Vorstoß ins Unbekannte wagen, Entdeckungen machen, Anschauungen vergrößern. Wer ist dazu prädestinierter als die Künstler? Wenigstens sie sind fähig, menschliches Leid, Freude und Schmerz, Heiterkeit in Form von Tönen, Farben, Wörtern und Bewegungen auszudrücken. Gewiss sind ihre Werke kümmerlicher Lichtblick in der Unendlichkeit des Alls. Doch die Tat zählt. Dass der kreative Akt, ja der Ablauf des Lebens, nicht zu erklären ist, selbst durch Weisheit, Erfahrung und Gelehrsamkeit nicht, ist das unbegreifliche Wunder, dem wir ausgeliefert sind oder, wie man will, teilhaben dürfen. Die Versuchung ist groß, in unkontrollierbare Denk- und Glaubensbereiche zu stoßen, die Metaphysik auszurufen, um festen Boden unter den Füßen nicht zu verlieren. Die Gnade Gottes wird beschworen, Teufelswerk errichtet, Gottheiten werden erfunden oder Brücken zum Kosmos geschlagen, um das Wunder bloßzulegen. Wird das Unerklärliche, frage ich mich, erklärbarer, wenn ich den Akt als Zuneigung, als umfassende Liebe deute? Findet doch der schöpferische Vorgang im begeisterten Rausch der Sinne statt. Ist die Gnade Gottes, sind Gottheiten, Formeln, Geister oder Sinne etwas anderes als die mögliche Benennung von Kräften unbestimmter, doch spürbarer Wechselbeziehung von Mensch zu Mensch? Wechselbeziehung, die nur im Zeitraum des Augenblicks möglich und gültig sind? Der Künstler, im Austausch mit seiner Umwelt geworden und gereift, also der kreativer Mensch, stößt mit der Hingabe seines Lebens, bar aller vernünftigen Regeln, in das Reich der Sinne. Hier und nur hier ist er dem menschlichsten – dem Tier im Menschen – am nächsten. Hier ist er der wahre Mensch, der an und für sich sinnvoll ist und durch sein Dasein den Sinn des Lebens erfüllt.[14] Dem Zeugen näher sein als der Vernunft. Mögen doch mehr Menschen kreativ sein, ins Reich der Sinne treten. Dieser Weg führt in die Geheimnisse der Welt, deren Ursprung oder erste Ursache: Gott ist. Als Mensch können wir uns den Luxus leisten, über die Sinne hinaus zu denken. Wer jedoch denkend sein Reich Gottes errichtet, baut eine Mauer, die ihn schützt, aber auch trennt und isoliert. Er legt nicht den Bindestrich, sondern den Trennungsstrich zwischen ich und dem andren und vergibt damit die Chance, in die Verbindung Subjekt-Objekt einzutreten, obwohl er seinen Mitmenschen dringend braucht, je hilfloser er der Welt ausgeliefert ist. So mag sich der Verlorene an Größen der Geschichte aufrichten, die ihm in Wort und Bild und Schrift überliefert sind, je nachdem, wo er und wann er aufgewachsen ist. Das mag Hilfe sein, aber Sinn? Ich frage mich, ob neue Fluchtbezugspunkte auftauchen, wenn wir mehr über die Sinne des Lebens, als über den Sinn des Lebens nachdenken.

XVI

Fünfundzwanzig Jahre später wollten Herr Hans Peter Hansen und seine Frau Regina, geborene Lindner, die Silberhochzeit in Beirut feiern, als Opa und rüstige Oma. Kriegsereignisse, Terror, Brandschatzen haben die Stadt heimgesucht. Das Stadtbild ist von Ruinen gezeichnet. Das Herz der Stadt, der *Platz der Freiheit*, die *Place des Canons*, gleicht einem geplünderten Friedhof, von Ratten und Unkraut übersät. Sandsäcke versperren Tore und Straßen. Die einst pulsierenden Hauptstraßen mit den Banken, den Ex- und Import-Unternehmen, der Post, dem Parlament, sind aufgerissen. Trümmer aus Beton und Eisen sind die kümmerlichen Reste einst stattlicher Hochhäuser. Palmen, sonst in weiten Bögen schwingend, ragen als kahle Stümpfe in den Himmel. Eine trostlose Landschaft, die von Stalinorgel und Artillerie beschossen wird. In Beirut über die Straße zu gehen, kann tödlich sein. Christen, Muslime, Drusen und Andersgläubige, die friedlich miteinander lebten, Geschäfte machten und den Menschen achteten, sind heute Feinde, die sich bis aufs Blut bekämpfen. Tausende wurden hingerafft und wer überlebt hat, sucht Schutz und Unterkunft … oder flieht. Von den Bildern des Grauens und des Schreckens, übertragen durch Fernsehen und Zeitung, blieben Herr und Frau Hansen in Europa nicht verschont.

Sie zogen es vor, nach Mallorca zu reisen.

NACHWORT

Mit *VIRGINIA* liegt nun der zweite Roman von drei Romanen vor, die Hans Werner Geerdts (weiterhin: GEE) Ende der 1980er Jahre zu schreiben begann. GEE hatte mir die Texte zur Verwahrung gegeben, hoffend, sie mögen eines Tages erscheinen. Noch zu Lebzeiten hatten wir seinen jüngsten Roman *SENZALA* redigiert, der 2015 veröffentlicht wurde. Leider konnte GEE das Erscheinen dieses Buches nicht mehr erleben, da er 2013 in Marrakech verstarb.

Das Typoskript von *VIRGINIA* besteht aus 101 einseitig handschriftlich korrigierten Seiten. Nach GEEs eigenen Aussagen ist er zeitgleich mit seinen biografischen Aufzeichnungen *sag DANKE SCHÖN und geh* entstanden. Inhaltlich fußt die Geschichte auf seinen Erlebnissen während einer Beirutreise, die Anfang der 1960er Jahre stattgefunden hat. Der von mir nun für die Veröffentlichung bearbeitete Text bedurfte weit deutlicher einer formalen als einer inhaltlichen Revision.

Meine Eingriffe in den Text wurden stets auf Grundlage der gemeinsamen Arbeit an bereits redigierten Texte und so behutsam wie nötig vorgenommen. Vor allem im Bereich der Zeichensetzung wurde insgesamt vereinheitlicht und zurückgenommen. GEEs Entscheidung, wörtliche Rede nur durch einen Gedankenstrich zu kennzeichnen und den Redebegleitsatz durch Komma davon zu trennen, wurde allerdings weitgehend beibehalten, da eine Unterscheidung kein größeres Problem darstellt. Jedoch wurde, wie auch in allen bisherigen Publikationen, die von GEE bevorzugte konsequente Kleinschreibung in die übliche Rechtschreibung überführt. Darüber hinaus wurden die von ihm meist nach Einzelsätzen vorgenommenen Absätze zu Gunsten einer konvergenteren Satz-Gestaltung aufgehoben.

Inhaltliche Brüche, Abschweifungen oder in den Text integrierte unverständlich bleibende Bezüge, wurden an Stellen beibehalten, wo ein Herauslösen den Textfluss zu sehr gestört hätte oder diese Form als Geheimnis interessant erschien. Wichtig bei allen Eingriffen war auch, die zwischen den Zeilen aufblitzende Ironie insgesamt wirksam zu halten.

Im vorliegenden Roman, sicherlich einem der humorvollsten Texte GEEs, geht es hauptsächlich um drei Figuren. Zum einen ist dies der Weltreisende und Antiquitätenhändler Pedro Juan Juan (alias Hans Peter Hansen) – allein die Überführung ins Spanische ist als Verballhornungen zu lesen – und zum anderen die Titelfigur Virginia, demnach die Jungfräuliche, denen als verbindende Figur der Maler Elmar beigegeben wird. Die geschilderten Erlebnisse lassen sich, wie bereits im Roman über Senzala, zumindest in groben Zügen leicht dem Urheber zuweisen. Blickt man auf die Figurennamen, ist schnell ersichtlich, dass GEEs Alter Ego in diesem Figurendreieck konvergiert. Der besonders durch die Dopplung übertrieben norddeutsche klingende, dreiteilige Name korrespondiert mit dem ebenfalls identisch beginnenden: Hans Werner Geerdts. Elmar, anagrammatisch schnell als Maler zu identifizieren, bildet Beruf und Berufung ab. Und als Titel gebende Figur wird die Kunsthändlerin Virginia zur personifizierten Jungfrau im Sinne einer Figur, die stets auf der Suche nach der wahren Liebe ist, sie aber nicht findet.

Dieses Trio konfrontiert die Lesenden mit den reflektierenden Äußerungen des Erzählers und seiner Figuren, also den konservativen, progressiven, künstlerischen und existentiellen etc. Stimmen seiner Figuren und mixt aus diesen Substanzen der Widersprüche einen erkenntnisreichen Cocktail. Über diese Mixtur gelangen Gedanken auf Papier, die GEEs Auseinandersetzung mit der Welt und seiner stetigen Sinnsuche thematisieren. Dabei sind die Figuren einerseits klar und differenziert gezeichnet, verfügen aber immer auch über geschickt im Text gestreute Schnittmengen. In ihrer Funktion wirken sie darüber hinaus als dialektische Komposition, sind also nach dem Prinzip: These, Antithese und Synthese komponiert.

Nimmt bei *SENZALA* die Farbe eine bedeutende Stellung ein, ist es in *VIRGINIA* vorrangig die Form, die in den Fokus gerückt wird. Man kann also festhalten, dass GEE in seinen

Romanen nicht allein ontologische Fragestellungen thematisiert, sondern auch Akzente seiner künstlerischen Arbeit gezielt in Szene setzt. Hier ist es der Aufenthalt in einem japanischen Kloster, der Elmar in der Kunst der Kaligraphie – Sumi-e-Technik genannt – unterweisen soll. Ist es in *SENZALA* die spirituelle Bedeutung von Farben, wird in *VIRGINIA* die kontemplative Haltung und wertneutrale Einstellung behandelt. In ihrem Zusammenklang versuchen so beide Romane, Quellen künstlerischen Schaffens zu ergründen und führen auf diese Weise direkt ins kreative Zentrum von GEEs Denken. Sie sind somit unverzichtbare Dokumente, sich ihm und seiner Kunst zu nähern.

Das Thema Homosexualität wird in *VIRGINIA* zum Rechtfertigungsfall, zum Stein des Anstoßes durch den in dieser Frage sehr konservativ und unreflektiert eingestellten Antiquitätenhändler Pedro. In dieser Auseinandersetzung müssen die rechtlichen Schranken und Gefahren in Rechnung gestellt werden, in denen sich Elmar etwa in den 1960 Jahren bewegen musste. In Deutschland wurde der §175, der homosexuelle Handlungen unter Strafe stellte, im Jahr 1969 entschärft und erst 1994 komplett gestrichen. Wie man sich die Rechtslage in Beirut in den 1960er Jahren vorstellen muss, kann man aus dem Roman entnehmen. Nach Artikel 534 des libanesischen Gesetzbuches sind »widernatürliche« sexuelle Handlungen immer noch verboten, doch seit 2014 werden dort Homosexualität bzw. homosexuelle Handlungen nicht mehr bestraft.

Elmar, der nur als verschriftlichter innerer Monolog und quasi nur geistig erscheint, ist die vielschichtigste Figur. Ihm wird Pedro Juan Juan mit dem letzten Satz als Gegenentwurf gegenübergestellt und mit seiner dort geäußerten Entscheidung gehörig aufs Horn genommen.

Mario Fuhse, Hamburg im Juli 2021

HANS WERNER GEERDTS

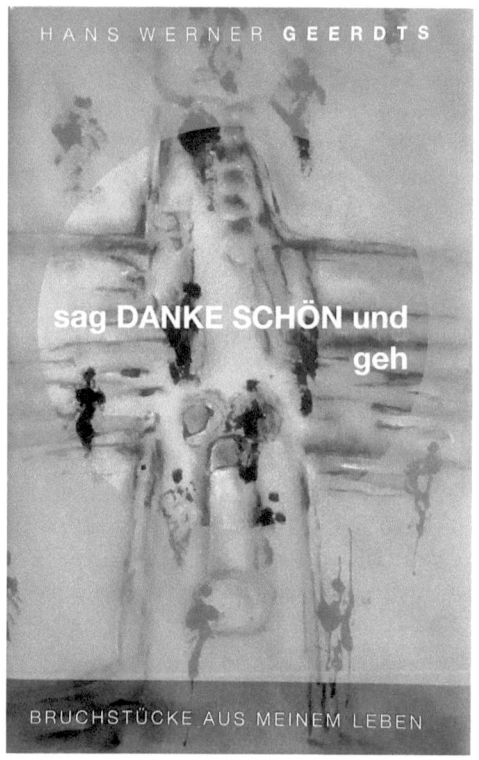

sag DANKE SCHÖN und geh
Bruchstücke aus meinem Leben
224 Seiten, Hardcover, Hamburg 2011
Mario Fuhse (Hg.) in Zusammenarbeit mit Männerschwarm
ISBN 978-3-00036-438-9
Nummerierte Normalausgabe und Vorzugsausgabe
mit einer Originalzeichnung von GEE

24€ bzw. 99€

HANS WERNER GEERDT

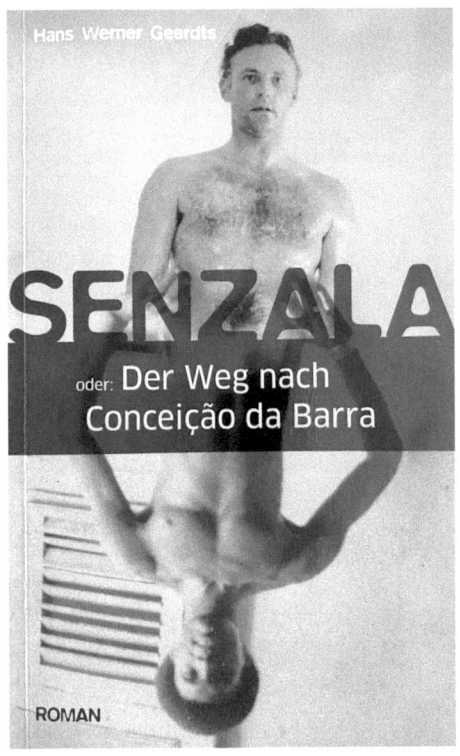

SENZALA oder
Der Weg nach Conceição da Barra
Roman aus dem Nachlass
230 Seiten, Paperback, Bad Schwartau, Hamburg 2015
Mario Fuhse (Hg.) und Cresco Multimedia
ISBN 978-3-86672-081-7
16€

Alle Ausgaben auf Anfrage (mario_fu@gmx.de) lieferbar.

ANMERKUNGEN

[1] Hier klingen Jean Genets Sätze aus Querelle an: »Der Gedanke an Mord erweckt in uns das Bild von Meer und Matrosen. […] Daß Häfen immer wieder Schauplätze des Verbrechens sind, bedarf keiner Erklärung.« Paris 1958, S. 7.

[2] Das Viertel liegt im Südosten Beiruts. GEE schreibt es »Tell-el-Satar«.

[3] Die Bedeutung dieses Nachnames ist unklar, allerdings zählt er zu einem der häufigsten Nachnamen der Welt.

[4] Hierbei handelt es sich um ein minimalistisches Kleidungsstück, dass v.a. die Geschlechtsteile, den Rest des Körpers aber so wenig wie möglich bedeckt.

[5] Der Begriff Palaver ist im Deutschen eher negativ besetzt. Ethnologische Untersuchungen haben jedoch ergeben, dass Palaver auch dem Zweck dienen kann, das Gegenüber vor den entscheidenden Gesprächsphasen etwas näher kennenzulernen. Vgl.: The Online Etymology Dictionary.

[6] GEE schreibt hier »Neger«. Es schien an dieser Stelle angebracht, und unproblematisch, das Wort zu ersetzen.

[7] Im Original: »rakten«.

[8] Die hier gezahlte Summe dürfte der damaligen US-Dollarbewertung entsprochen haben.

[9] Im Original: »Juan«. Dies liefert möglicherweise einen Hinweis auf den engen Verbund zwischen den beiden Figuren Elmar und Juan.

[10] Im Original »Zukas«. gemeint ist hier sicherlich Gary Zukav (*1942) und sein 1990 auf Deutsch erschienenes Buch *Die Spur zur Seele*, München.

[11] GEE verwirft hier seinen Einschub: melanesich »mana«.

[12] Vgl.: Lorenz, Konrad: *Das sogenannte Böse*, München 1974, Vorwort, S.8. GEE nimmt die anfänglich einschränkenden Worte von Lorenz: *»Es ist fast«, aus dem Zitat heraus.*

[13] GEE zitiert hier aus dem Spiegel: »Wenn Foucault meint, jedem einzelnen sei damit wieder die Aufgabe zugewachsen, seinem Leben einen Sinn durch seine eigene Lebensführung zu geben, es durch Stil und Haltung zu einem »persönlichen Kunstwerk« zu gestalten, dann entspricht das ziemlich genau dem Trend zur »Selbstbehauptung«, den die Jugend-Forscher registrieren.« In: Der Spiegel 2/1987: Leinemann, Jürgen: *»Verheizt, verarscht, ausgelutscht«.* Bei Foucault gibt es zahlreiche Fundstellen zum Thema, u.a.: In: *Sex als Moral, Gespräch mit Hubert Dreyfus und Paul Rabinow*, In: *Von der Freundschaft, Michel Foucault im Gespräch*, Merve 1984, S. 81.

[14] GEE verwirft hier folgende Passage: »Nun ist der Pfauenschweif abmontiert. Er war ohnehin unnütz. Was bleibt? Das gerupfte Tier, ein schrecklicher Anblick! Aber immerhin eine Substanz, die des Menschen ist, der dem Zeugen näher ist als der Vernunft.«